AF231330

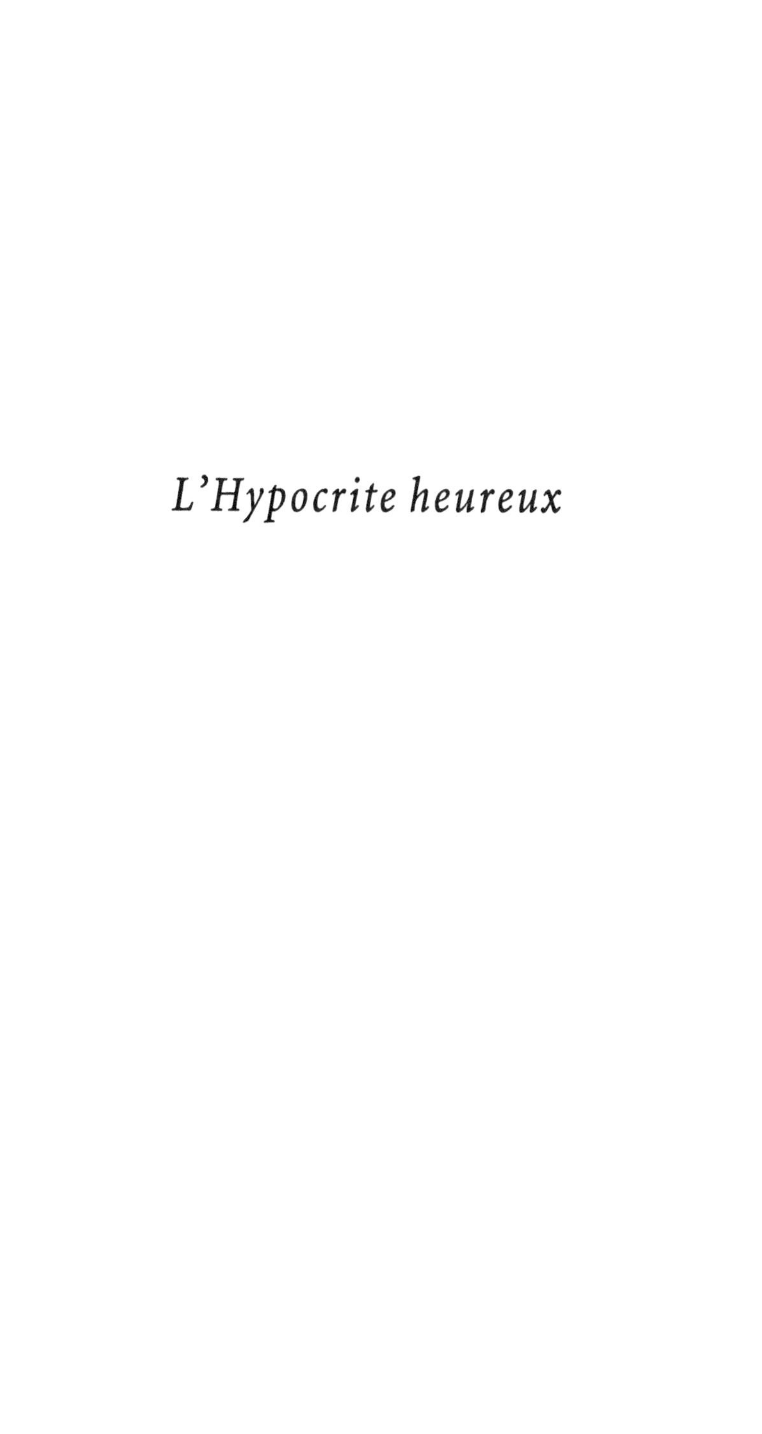

L'Hypocrite heureux

Max
Beerbohm

L'Hypocrite heureux

Traduit de l'anglais et préfacé par
Jean-François Fogel

Bernard Grasset

Paris

Titre original :

THE HAPPY HYPOCRITE

Photo de couverture :
© George Eastman House / GettyImages.

ISBN : 978-2-246-79377-9
ISSN : 0756-7170

Max Beerbohm/L'hypocrite heureux

Le 24 août 1872, Henry Maximilian Beerbohm naît à Londres. Issu d'un deuxième mariage, il est le neuvième enfant de Julius Ewald Beerbohm, marchand d'origine lituanienne établi en Angleterre dans les années 1830. Ayant fait fortune, il est devenu l'un des hommes les plus riches de Londres. Max grandit dans un cadre privilégié dont il dira qu'il lui a permis de développer sa sensibilité artistique, il est vrai hors du commun. De ce père toujours en voyage d'affaires, naîtront, outre Max, plusieurs artistes notables de l'ère victorienne. Herbert Beerbohm Tree, acteur et metteur en scène célèbre qui fondera l'Académie royale d'art dramatique ; Julius Beerbohm, écrivain et explorateur ; Constance Beerbohm, comédienne et écrivain. À l'âge de 13 ans, Max est envoyé au lycée Charterhouse avant d'entrer au Merton College de l'université d'Oxford. Spirituel et raffiné, il devient une figure incontournable de l'univers oxonien et fréquente l'amant d'Oscar Wilde, Alfred Douglas. C'est en 1888 que Max Beerbohm rencontre Wilde pour la première fois ; il se noue d'amitié avec lui en 1890 grâce à son frère Herbert, qui sera le metteur en scène de la prochaine pièce de l'auteur du Portrait de Dorian Gray. En 1893, il rencontre le dessinateur Aubrey Beardsley qui l'introduit dans le cercle littéraire lié à la maison d'édition Bodley Head. Un an plus tard, il quitte Oxford sans diplôme et publie ses premières caricatures dans The Yellow Book, une nouvelle revue à laquelle participeront, entre autres, Henry James, Georges Moore et W.B. Yeats. « Défense du maquillage » est le premier article de Max, dans le numéro d'ouverture de la revue ; il y prône un des thèmes favoris des dandys excentriques, celui de l'artifice contre le naturel. Début remarqué qui ne l'empêche pas de partir en 1895 pour l'Amérique, en tant que secrétaire de la compagnie de théâtre de son frère Herbert. Il y épousera l'actrice américaine Grace Conover. Pendant son absence débute le procès d'Oscar Wilde contre le marquis de Queensberry. Alors que la plupart des amis de Wilde prennent leurs distances, Max le soutient dès son retour à Londres et assiste à plusieurs audiences. Wilde en prison, Max ne manquera pas une occasion de lui signifier son soutien et ira jusqu'à mener une délégation à Scotland Yard pour obtenir sa mise en liberté. Comme le souligne Richard Elmann, le biographe d'Oscar Wilde, Max a toujours été critique envers le mode de vie de son ami et certaines caricatures qu'il fit de lui frôlent la mesquinerie, mais, aux instants décisifs, à l'heure de toutes les désertions et des lynchages publics, il s'est dressé devant le Tout-Londres en défendant celui qu'il nommait « la Divinité ».

En 1898, Beerbohm remplace Georges Bernard Shaw comme critique dramatique de la prestigieuse Saturday Review *dirigée par Frank Harris, lequel deviendra un ami proche. Shaw, qui l'a proposé, écrit un article faisant de Maximilian Beerbohm, pour le restant de ses jours, le seul « Max » de Londres : « La jeune génération frappe à la porte ; je l'ouvre et, tel un lutin, entre l'incomparable Max. » Dandy, mondain, brillant, figure incontournable de la capitale britannique, Beerbohm épouse en deuxièmes noces une autre actrice d'origine américaine, Florence Kahn (1910) puis, étrangement, quitte l'Angleterre pour l'Italie. (Revenant dans son pays natal pendant les deux guerres mondiales, il fera montre d'un certain patriotisme. Lors de son retour de 1938, il a déclaré : « J'aime mieux être en Angleterre lorsqu'elle est en danger. ») En 1911, il donne son unique roman,* Zuleika Dobson, *désopilante parodie la vie oxonienne à l'ère victorienne ; en 1919, paraît le recueil de nouvelles* Seven Men *(Sept personnages). S'il a quitté Londres pour complaire à sa femme, les mondanités n'ont pas disparu ; à Rapallo, il reçoit Ezra Pound, Laurence Olivier, Truman Capote... Celui que tout Londres nommait « Max » s'éteint le 19 mai 1956 des suites d'une crise d'asthme dans une clinique de Rapallo.*

L'Hypocrite heureux *paraît pour la première fois en 1897 dans la revue* Yellow Book. *Le public adhère immédiatement à ce « conte de fées pour hommes fatigués », à tel point qu'il fait rapidement l'objet d'une réimpression séparée. C'est le récit de la rédemption de George Hell (« George Enfer » en français). Hell est un aristocrate mondain et cupide, tenu par la meilleure société londonienne pour un mécréant prêt à toutes les bassesses pour parvenir à ses fins. Il mène cette mauvaise vie jusqu'au jour où, au théâtre, il tombe amoureux de la jeune actrice Jenny Mere (« Jenny Simple »). Après lui avoir promis de sa fortune et un rang si elle acceptait de l'épouser, il essuie un refus catégorique de la petite actrice qui n'a que faire des honneurs et des titres de Lord ; de son mari, elle n'exige qu'une chose : qu'il ait un visage de saint. Condition difficile à remplir pour George Hell qui n'a jusqu'ici pratiqué que bassesses et intrigues. Comment changer de visage ? Le fabriquant de masques le plus à la mode de Londres lui en vend un à l'effigie d'un saint. George accourt auprès de Jenny qui accepte de l'épouser. Le travestissement doit s'accompagner d'un changement de nom ; Lord George Hell devient naturellement George Heaven (« Paradis »). Le couple abandonne la ville et ses sorties pour vivre reclus dans une cabane au milieu de la forêt. Rien ne perturbe cette existence simple et heureuse jusqu'au jour où George Heaven reçoit la visite d'une ancienne amante qui, le voyant avec ce nouveau visage, lui arrache son masque. La supercherie révélée, il se croit perdu aux yeux de Jenny. C'est sans compter sur la bienveillance des dieux : le masque ôté, le visage est en tous traits semblable à la figure de saint que son déguisement lui donnait.*

L'Hypocrite heureux *est souvent considéré comme la* réponse de Beerbohm au Portrait de Dorian Gray *de* Wilde. *Si ces deux œuvres partagent l'importance de l'artifice contre le naturel comme thème central, la comparaison semble abusive pour plusieurs raisons ; d'abord l'aspect parabolique, sur un modèle quasi biblique, du* conte de Beerbohm, se retrouve peu dans le roman de Wilde qui privilégie le développement de thèmes plus intellectuels. De plus, le style de Beerbohm n'est pas celui de Wilde. Il est tout imprégné de la latinismes, quand Wilde, ne serait-ce que par son obsession des dieux, est plus grec. Enfin, le mélange de mots français, latins, et italiens participe d'une certaine ironie de Beerbohm face aux hautes considérations que son personnage défend ; par son accentuation de l'érudition, il fait comprendre au lecteur sa distance vis-à-vis de ce qui pourrait passer pour de la pédanterie. Tout se passe comme s'il ne voulait pas croire au sérieux de son œuvre et, de crainte que les autres l'y trouvent, il grossit toutes les ficelles, ce qui finit par lui donner un genre. Conte dandy s'il en est, ce livre de Beerbohm enchante par son merveilleux. Le mot « conte » ne doit pas faire s'attendre à autre chose qu'à une pure fantaisie littéraire ; les aspects moraux sont teintés de dérision et la philosophie de la frivolité n'est que la toile de fond d'un tableau qui n'entend être qu'une féerie.

Haut les masques

Il ne faut jamais converser avec un Anglais sans se remémorer la règle énoncée par Lewis Carroll : « Veillez au sens, et les sons veilleront sur eux-mêmes. » Dans une nation où l'hypocrisie reste un signe de bonne éducation, ce qu'on vous dit n'est pas ce qui s'entend. C'est un art, pour l'homme bien né, que de masquer ses opinions, spécialement sur celui qui l'écoute. Le gentleman qui félicite un vieux compagnon de club de lire le

Telegraph sans lunettes lui reproche en fait de monopoliser les journaux du fumoir. De même l'aristocrate encourageant son voisin qui force le renard cite, dès qu'il tourne bride, la description due à Oscar Wilde : « L'innommable à la poursuite de l'immangeable ». Et quel membre de l'All England Lawn Tennis and Croquet Club louant une équipe de double mixte au tournoi de Wimbledon, ne dira ensuite qu'elle dispute le simple messieurs avec obstacle ?

Une des illustrations les mieux venues de cette hypocrisie anglaise reste la remarque de sir Maximilian Beerbohm qui s'inquiétait de lady Cunard, native de Chicago – une maladie incurable –, auprès de sir Isaiah Berlin.

« Oh ! Elle est toujours la même », répondit le grand historien des idées.

« J'en suis désolé », enchaîna l'implacable artiste avec le visage d'un homme sincèrement chagriné.

L'hypocrisie nourrit la duplicité du savoir-vivre anglais. Elle fait coexister deux aspirations incompatibles : la civilité des rapports sociaux et la liberté d'expression individuelle. Voilà pourquoi il faut lire comme un précepte la fameuse boutade de G.K. Chesterton : « Nous devrions être capables de regarder l'hypocrite assez profondément pour voir jusqu'à sa sincérité. »

Dans le cas de sir Max Beerbohm (1872-1956), cette ambition revient à tenter de voir au travers d'un miroir. Tous ceux qui se tournèrent vers lui découvrirent leur propre image retouchée par le maître du pastiche et de la caricature. Après avoir enduré l'un et l'autre procédé, Henry James affirma qu'il y avait « quelque chose de déplaisant dans un talent qui se contentait de pointer le doigt sur les faiblesses des autres ». Critique injuste : Max Beerbohm était trop bien élevé pour montrer du doigt, sauf à désigner sa tête de turc, Rudyard Kipling. Mieux vaut s'émerveiller de ce talent qui fit rire de tout ce qui était affecté ou prétentieux sans nuire à ses victimes ni, surtout, vouloir leur ôter la moindre part de notoriété.

C'est au point qu'évoquer Max Beerbohm ressemble toujours à une indiscrétion. « *Surtout pas de zèle* », lançait ce délicieux dandy, en français dans le texte, à qui le plaçait sous les feux de l'exégèse ou de la biographie. Son attitude tient dans un éclat poli, au soir de sa vie, pour écarter la chaîne de télévision NBC. Nullement découragé par un courrier très ferme, un producteur voulait le persuader, au prix fort, de se laisser filmer pour la postérité : « Il suffit d'être face à la caméra. Vous commencez par dire aux téléspectateurs que vous êtes heureux de vous adresser à eux... » Une voix douce rejeta l'affaire à jamais : « Vous souhaitez que je commence par un mensonge ?... »

Discret, retenu, façonné par « les jours victoriens où, plus encore que géographiquement, l'Angleterre était psychologiquement une île », ce créateur si secret se tailla en fait une sorte d'insularité personnelle. Traité par ses contemporains avec la passion distante que l'on voue à l'ultime représentant d'une espèce disparue – « le dernier des hommes civilisés sur terre », dit de lui Rebecca West – ou à un esprit par trop hors du commun – « un génie de la plus pure espèce », juge Evelyn Waugh –, Max Beerbohm doit être avant tout décrit par sa volonté de bâtir son propre oubli.

Les privilégiés qui l'ont approché restent pourtant marqués par le souvenir d'un parleur d'une irrépressible allégresse. Une sorte de papillon enjoué virevoltant sans se poser sur des artistes ou des politiciens cités par une ironie trop légère pour blesser, trop chic pour devenir tenace, trop amusée pour dénoncer. Le bleu liquide des yeux ronds, le front haut, les manières parfaites, la taille minuscule, la frêle silhouette prise dans des étoffes couleur « ombre de primevère » complètent une apparence de petit prince rieur. Elle ne trompe pas du tout.

Beerbohm, c'est Peter Pan. Un garçonnet qui ne grandit pas et s'en prend, sa vie durant, aux capitaines Crochet des arts et de la politique.

À six ans, il rêve d'être sentinelle du château de Kensington. À dix ans, il stationne face au 10, Downing Street pour croquer les membres du cabinet. À seize ans, il moque son école, Charterhouse, avec des vers latins, des parodies, des portraits. D'emblée installé sur la trajectoire de son art, il l'enrichit vite d'un talent d'essayiste consacré par la publication d'« Éloge du maquillage » dans le premier numéro de la revue d'Aubrey Beardsley, *The Yellow Book*. L'artifice, affirme-t-il, vaut plus que le naturel. Cette idée qui ne le quittera plus révulse les cerbères de l'ennui victorien, *The Times* et *The Westminster Review*.

D'un strict point de vue historique, Max Beerbohm amorce donc sa carrière avec Arthur Symons, George Moore, Oscar Wilde, parmi les « Décadents » qui agacent Londres à la fin du XIXe siècle. Rien de plus rétif à la pérennité pourtant que son premier et tout petit livre, sept essais groupés, en 1896, sous le titre *Les Œuvres de Max Beerbohm*. Saluant son « *succès de fiasco* » – en français dans le texte, toujours – le maître de vingt-trois ans se promet une retraite : « Je ne dois plus écrire. Je me sens déjà un rien démodé… » Bien sûr, c'est l'humour d'un hypocrite devenant un classique. George Bernard Shaw lui cède deux ans plus tard la chronique théâtrale la plus en vue, celle de la *Saturday Review*. « La jeune génération frappe à la porte, écrit-il ; je l'ouvre et, tel un lutin, entre l'incomparable Max… »

L'expression fait florès ; mais qui peut rivaliser avec « l'incomparable Max » ? Hors norme, hors du temps, il utilise toute sa vie le miroir convexe de sa nursery pour se voir tel qu'il se découvrit enfant : réduit, concentré à la façon d'une miniature. Interrogé sur son ambition, il avoue « quelques souhaits », tous exaucés du reste. Avec autant de dessins que de prose et autant de pastiches littéraires que d'essais, son art, mélange de pointes d'esprit anglais et de charges contre l'impérialisme britannique, est un torrent qui reflète le gai soleil de l'Angleterre édouardienne.

Un unique roman, *Zuleika Dobson* (« la réussite la plus conséquente de la fantaisie de notre époque », estime E.M. Forster), un seul vrai recueil de pastiches, *Une guirlande de Noël*, quelques collections d'essais, des albums de caricatures : l'œuvre, publiée pour l'essentiel avant le premier conflit mondial, reste trop chiche pour dissimuler l'homme. C'est

Max Beerbohm lui-même, parti à Rapallo, en Italie, pour quarante-cinq années d'un exil à peine coupé de séjours londoniens, qui devient un mythe. Rien de plus recherché dans la capitale anglaise que les confidences de ses visiteurs. On répète son commentaire songeur devant une procession de chenilles sur sa terrasse dominant la Méditerranée : « Cela me rappelle les sonnets de Shakespeare ; chaque élément est magnifique et l'ensemble un peu déplaisant. » On sourit de son jugement sur son prédécesseur G.B. Shaw : « Il a eu une très mauvaise influence sur ses disciples, et encore plus sur lui-même. » On s'émerveille de sa politesse – pure hypocrisie du sourire – pour ne pas avouer que nul ne le retenait quand il s'exila : « Combien de gens y avait-il alors à Londres ? Huit millions ? Neuf

millions ? Je les connaissais tous ! »
On s'interroge surtout sur le mélange
de courtoisie et de culture de cette
créature amidonnée, inatteignable,
déjà un peu archaïque : un vrai
gentleman.

En ce domaine, la maxime est
connue : ceux qui en sont ne le disent
pas, et ceux qui disent en être n'en sont
pas. Max Beerbohm est un gentleman,
absolument, et il refuse de parler de
lui-même. Rien sur son adolescence :
« Pour raconter les années 1880,
explique-t-il à ses lecteurs, il faudrait
avoir une plume beaucoup moins bril-
lante que la mienne. » Rien non plus
sur ses compagnons d'Oxford qui sont,
cette fois en italien dans le texte,
« *partito ma non arrivato* ». Il s'en
tient avec ses visiteurs à l'évocation
des membres de la famille royale,
des artistes et du monde du théâtre

lorsqu'il découvrit Londres dans les premières années du siècle. Il est, devine-t-il, « un lien intéressant avec le passé ». La BBC, qui a vent de ce talent, lui arrache, dans les années trente, quelques soliloques radiophoniques, « Le Miroir du passé ». Ils font, malgré lui, une célébrité de ce reclus dubitatif envers toute nouveauté.

Qui ne se souvient de son analyse jamais démentie de Joyce, à la lecture de quelques pages de *Finnegans Wake* : « Cela ne lui vaudra pas d'être anobli » ? Lui-même dut patienter deux décennies pour connaître cet honneur en raison, dit-on, de la circulation sous le manteau de sa *Ballade tragique à double refrain*, un portrait de George V et de la reine Mary rédigé à la manière d'une pièce en un acte. Elle : « ... la Reine est plus ennuyeuse que le Roi » ; Lui : « ... le Roi est plus ennuyeux que la Reine. » Elle est poignardée et Lui est empoisonné à l'issue de ce concours d'ennui. Un rire de lèse-majesté salua cette prouesse du gentleman farceur qui, prudent, serrait dans sa bibliothèque secrète des textes apocryphes réalisés grâce à son imitation parfaite de la calligraphie de la reine Victoria ou un exemplaire des poésies de Huxley – toutes fausses, le malheureux n'a jamais publié un seul vers.

Avec son amusement compassé, son esprit classique, son humeur toujours divertie, son absence de méchanceté et son don pour convier les dieux de l'Antiquité dans la conversation, Max Beerbohm finit par personnifier l'Angleterre postvictorienne qu'il avait croquée. Sur ses dernières années, il semblait même n'être qu'une de ses caricatures, un homme résumé dans un port de dandy. Comme sur la photo de sir Cecil Beaton où les boutons de son gilet dessinent un « i », surmonté d'un point énorme, son canotier. Rien de plus exigeant que son souci de ne pas manquer le thé de l'après-midi, même dans la chaleur de la Riviera, rien de plus drôle que sa façon de refuser toute visite archéologique comportant la moindre excavation (« C'est trop suggestif à mon âge »), rien de plus sincère que son annulation urgente de la publication d'une plaquette de caricatures lors de la découverte d'un projet de tirage à quatre mille exemplaires (« Je n'ai que trois mille cinq cents lecteurs », plaide-t-il).

À trop sourire, on risque de ne pas deviner combien ces postures dandiesques constituent un art. Lord David Cecil, biographe de Max

Beerbohm, insiste sur le sérieux de la « doctrine du masque » défendue par « l'incomparable Max » en compagnie du poète W.B. Yeats. Elle peut s'énoncer ainsi : le culte de l'art inclut l'art de vivre ; un artiste doit donc choisir et assumer dans sa vie un masque qui représente son idéal personnel. Et tant mieux si cela le rend artificiel, jugent ces créateurs qui n'ont guère d'estime pour la nature – souvenons-nous du peintre Whistler, leur ami : « En général, la nature se trompe. » Mais si l'artiste, à terme, assimile son masque, et en fait la substance même de sa personnalité, il se confondra avec son apparence et sa personne fera partie de son œuvre. L'hypocrisie, qui relevait des bonnes manières, devient un des beaux-arts.

Nous voilà aux antipodes du *Portrait de Dorian Gray* où Wilde oppose beauté des traits et laideur de l'âme, mais *L'Hypocrite heureux* montre que sir Max Beerbohm emprunta très tôt une autre route que son compagnon de jeunesse. L'essentiel, voire le meilleur de lui-même, se trouve d'ailleurs dans cette œuvre de ses débuts. Parue en 1897, dans *The Yellow Book*, elle fit aussitôt l'objet de réimpressions séparées tant le public aima la rédemption du héros George Hell (en français : Georges Enfer) devenant George Heaven (Paradis) au fil du récit où il croise Jenny Mere (Simple).

Comme l'auteur feint de s'adresser à des « petits lecteurs », on pourrait croire en la sincérité de son sous-titre : « Un conte de fées pour hommes fatigués. » Mais il s'agit autant d'un conte de fées que les *Lettres* de Montesquieu ont été écrites par un Persan à Paris, c'est-à-dire pas du tout.

C'est plutôt une parabole d'une profondeur peu commune, sur l'amour, le péché, et les détours de la sincérité. C'est aussi un pur échantillon de ce qui fascine les lecteurs de Max Beerbohm : la transparence d'une écriture parfaite de simplicité dont seul le doigt d'un enfant effaçant la buée sur une vitre peut évoquer le côté fragile et merveilleux.

Mots en apposition, incises équilibrées, longues périodes, citations grecques et latines non traduites : nombre de détails révèlent que cette prose touche à son premier centenaire. Par exemple, une énumération n'est pas ponctuée « A, B et C » mais « A, B, et C » pour séparer, comme autrefois, chaque élément à l'aide de virgules et annoncer le dernier par une conjonction. De même *to loath* (dédaigner) est orthographié à l'ancienne, *to*

Loth, ou bien l'adjectif *irrémédiable* se rend avec *irremeable*, désuet et qui sent son latin *irremeabilis*. L'érudition, impeccable, mélange aux mots français et italiens, dont on a gardé ici l'impression originale en italique, le sourire de références fictives et de néologismes de potache, tel Astyanax, qui désigne une fleur du nom du rejeton d'Hector et d'Andromaque.

Au-delà de ce feu d'artifice, quel don possède Max Beerbohm pour donner à croire qu'un mécréant peut passer de l'enfer au paradis ? J'en vois deux. L'un appartient à l'écrivain, assez subtil pour laisser l'émotion l'emporter, d'un souffle, sur l'ironie légère (l'inverse serait une catastrophe). Quant à l'autre don, il faut le deviner puisque notre dandy se masque, mais c'est, semble-t-il, le privilège de n'avoir commis dans son existence aucune des trois fautes qui avilissent l'humain pour de bon : l'ennui, la cupidité et la volonté de peser sur la vie des autres.

JEAN-FRANÇOIS FOGEL.

L'Hypocrite heureux

Parmi tous ceux qui s'amusèrent à la cour du Régent, nul ne posséda, dit-on, la moitié de la malfaisance de lord George Hell. Je n'ennuyerai pas mes petits lecteurs avec un long récit de sa grande vilenie. Mais il serait bon qu'ils sachent qu'il fut cupide, destructeur, et désobéissant. Je crains qu'il ne soit établi qu'il veilla souvent à Carlton House bien après l'heure du coucher afin de s'adonner au jeu, et qu'en général, il buvait et mangeait plus qu'il n'était bon pour lui. Son penchant pour le beau linge était tel qu'il avait l'habitude de se vêtir les jours de semaine aussi magnifiquement que les honnêtes gens le dimanche. Il avait trente-cinq ans et il faisait l'immense chagrin de ses parents.

Et le pire fut qu'il offrit aux autres un si mauvais exemple. Jamais, jamais il n'essaya de dissimuler ses mauvaises actions ; au point qu'à cette époque, chacun savait combien il était horrible. En fait, je pense qu'il était fier d'être horrible. Le capitaine Tarleton, dans son exposé sur *Les Élégants contemporains*, suggéra que la grande franchise de Sa Seigneurie était une qualité propre à nous inciter à pardonner quelques-unes de ses abominables fautes. Mais, si pénible qu'il me soit de contredire l'opinion de quelqu'un qui est désormais mort, je maintiens que la franchise n'est bonne que quand elle révèle de bonnes actions ou de bons sentiments, et qu'elle est le mal lui-même lorsqu'elle révèle le mal.

Certes, lord George Hell finit par expier toutes ses fautes, d'une façon qui n'a jamais été rendue publique de son vivant. Je dévoilerai la raison de son étrange et soudaine disparition de la sphère sociale où il se mouvait et où il ne devait plus jamais reparaître. Mes petits lecteurs reconnaîtront alors, me semble-t-il, que tout jugement emporté à son endroit doit être reconsidéré et peut-être même retiré. Je laisserai Sa Seigneurie entre leurs mains. Toutefois ma plaidoirie en sa faveur ne se fondera pas sur cette franchise qui fut sienne, si admirée par certains de ses amis. Il y en avait certains, oui ! assez faibles et fantasques pour penser que c'est une bonne chose d'avoir un titre historique et d'être dénué de scrupules. « Voilà George Hell, disaient-ils, comme Monseigneur a l'air mauvais ! » *Noblesse oblige*, voyez-vous, et en conséquence un aristocrate devrait être très attentif à sa réputation. La vilenie anonyme ne fait guère de tort.

Il est bon de rappeler que nombre de personnes furent insensibles à la magie de son titre et désapprouvèrent si fort sa conduite que, chaque fois qu'il entrait dans une pièce où elles se trouvaient, elles gagnaient la porte sur-le-champ et le regardaient sévèrement à travers le trou de la serrure. Chaque matin, quand il se promenait sur Picadilly, tous ces gens traversaient d'un bloc, le laissant en compagnie de ses mauvais condisciples du côté que l'on dit toujours « louche » de l'avenue.

Lord George – σχετιος – était assez indifférent à ces réactions. En fait, il semblait tout à fait endurci et, quand des dames serraient leurs jupes en le croisant, il jaugeait joyeusement leurs chevilles.

Je me réjouis de n'avoir jamais vu Sa Seigneurie. On dit que lord George ressemblait plutôt à Caligula, avec une touche de sir John Falstaff, et que parfois rue St. James, dans les matins d'hiver, les jeunes enfants faisaient taire leur babil et se cramponnaient avec une irrémédiable terreur aux jupes de leurs nurses quand ils le voyaient venir (cet immense et effrayant gentleman !), le vent d'est agitant la surface arrondie de sa peau de castor, ébouriffant la fourrure autour du col et des poignets, et rendant encore plus sombre le teint pourpre de ses joues. « Roi Croquemitaine », disait-on de lui dans les nurseries. Lorsque des enfants étaient désobéissants, leurs nurses prédisaient sa descente par une cheminée ou sa sortie d'une armoire à linge, et immanquablement ils se « tenaient bien ». Vous constatez donc que, dans les mains des nurses, même les êtres mauvais forment une force en faveur du bien.

Il est exact que Sa Seigneurie ne fumait pas – une qualité par défaut, il est vrai, et même, je le crains, attribuable à la mode du moment – mais la liste de ses vertus touche là à son abrupte conclusion. Il aimait d'un insatiable amour la ville et les plaisirs de la ville, tandis que les nobles influences de nos lacs anglais lui étaient pratiquement inconnues. Il avait coutume de se vanter de ne pas avoir vu un bouton-d'or depuis vingt ans, et une fois il traita la campagne de « paradis du fou ». Londres était l'unique lieu porté sur la carte de son esprit. Londres lui donnait tout ce qu'il désirait. N'est-il pas inouï de penser qu'il ne passa jamais un jour heureux ni même un jour de quelque façon que ce soit à Follard Chase, cet attirant château, à Herts, qu'il avait gagné chez Boodle d'un jet de dé contre sir Follard Follard, le jour de son dix-septième anniversaire ? Toujours cynique et cruel, il avait refusé sa « revanche » au baronet ruiné. Toujours cruel et insolent, il lui avait offert de s'installer dans la maison du gardien – une offre qui, après une légère hésitation, fut acceptée. « Sur mon âme, cette place est une sinécure, disait lord George ; il n'a jamais à m'ouvrir la porte[1]. » La

---

1. *Correspondance* de lord Coleraine, p. 101.

rouille couvrit ainsi la grande grille de fer de Follard Chase, et la mousse couvrit ses sentiers. Le cerf broutait sur les terrasses. Il n'y avait que des fleurs sauvages, partout. Un faune de marbre reposait, tel qu'il était tombé, enfoui parmi les herbes et les nénuphars du petit bassin à margelle de pierres qu'il dominait.

De tous les péchés commis par Sa Seigneurie, aucun, à coup sûr, ne fut plus gratuit que l'abandon de Follard Chase. Certains chuchotèrent (sans que lord George se fût jamais donné la peine de les démentir) que la propriété fut obtenue de manière crapuleuse, à l'aide d'un dé pipé. À dire vrai, aucun joueur de cartes de St. James ne trichait avec plus d'obstination. Comme il était riche et n'avait pas d'épouse ni de famille à entretenir, et comme sa chance était toujours gigantesque, je ne peux excuser sa conduite. À Carlton House, en présence de nombreux évêques et de membres du gouvernement, il relança une fois le Régent de la façon la plus arrogante pour cinq mille guinées qu'il lui avait gagnées en trichant quelques mois plus tôt, et il alla jusqu'à déclarer qu'il ne quitterait pas la maison jusqu'à ce qu'il les ait ; sur quoi Son Altesse royale, avec ce tact inaltérable pour lequel elle fut toujours connue, l'invita à rester en tant qu'invité, ce que lord George accomplit, de fait, durant plusieurs mois. Après cela, il nous est difficile d'être surpris de lire qu'il « s'installait rarement pour jouer une de ces parties de limbo au goût du jour, avec moins de quatre, et parfois avec *jusqu'à sept* as dans ses manches... [1] »

---

1. *Les Élégants contemporains*, vol. 1, p. 73.

Nous pouvons seulement nous étonner que quiconque ait pu le supporter.

Il passait en général le début de soirée chez Garble, ce lieu de rendez-vous nocturne des lurons porteurs de titre et des faiseurs de tapage. Avec la Gambogi, la danseuse, à son bras et une suite bachique sur les talons, il se promenait paresseusement autour du jardin illuminé, vêtu d'une tenue géorgienne qui, bien sûr, n'était pas alors le déguisement que cela constitue aujourd'hui [1]. De temps en temps, au milieu de son bruyant bavardage, il

---

1. Il semble toutefois qu'en certaines occasions Sa Seigneurie se laissait aller à d'étranges tenues. « Je l'ai vu, dit le capitaine Tarleton (vol. 1, p. 69), habillé en clown français, en marin, ou dans les chausses cramoisies d'un grand de Sicile – *peu beau spectacle*. Toutefois, quel que soit son costume, il ne maquillait pas son visage. »

lançait une plaisanterie en vogue, ou bien il entonnait une ballade sentimentale, dansait un peu ou entreprenait de se quereller. Quand il se fatiguait de ces bouffonneries, il se dirigeait vers la loge du petit théâtre *al fresco* et devenait le protecteur des jongleurs, pugilistes, acteurs et autres excentriques qui s'y produisaient.

Les étoiles étaient splendides et la lune avait la beauté d'un grand camélia, la nuit de mai où Sa Seigneurie cala ses bras sur le rebord rembourré de sa loge et regarda les gambades du Nain Joyeux, une petite créature à tête bouclée, qui faisait là ses *débuts*. À coup sûr, Garble avait fait une découverte. Lord George menait les applaudissements, et le Nain finit ses ébats par une jolie chanson sur les amoureux. Et il n'en resta pas là. Un numéro de tir à l'arc devait suivre. En un instant, le Nain réapparut avec un petit arc doré dans la main et un carquois plein de flèches à l'épaule. Il tira ces vibrantes flèches, çà et là, avec une très grande précision, plusieurs dans l'écorce des acacias qui poussaient autour de la scène en plein air, plusieurs dans les colonnes cannelées des loges, deux ou trois vers les étoiles.

Le public était enchanté. « *Bravo ! Bravo Saggitaro !* » murmura lord George, dans la langue de la Gambogi, qui était à ses côtés. Enfin, la figure de cire d'un homme fut apportée par un assistant et installée contre le tronc d'un arbre. Un foulard fut noué sur les yeux du Nain Joyeux, debout dans un angle éloigné de la scène. *Bravo* oui ! Car le trait avait percé la figure en plein cœur ou du moins là où se serait trouvé le cœur s'il s'était agi d'un homme et non d'une figure de cire.

Lord George commanda porto, champagne et fit signe de gagner sa loge à l'homoncule occupé à saluer, afin de pouvoir lui porter un toast et de le féliciter pour son habileté.

« Sur mon âme, vous avez du génie avec un arc, criait Sa Seigneurie avec une complaisance ostentatoire, venez vous asseoir près de moi, mais d'abord laissez-moi vous présenter ma divine compagne, la signora Gambogi – une Vierge et un Sagittaire, parbleu ! Peut-être vous êtes-vous rencontrés dans le Zodiaque. »

« À vrai dire, j'ai rencontré la Signora il y a de nombreuses années, répondit le Nain, avec une profonde révérence. Mais pas dans le Zodiaque, et la Signora ne me reconnaît peut-être pas. »

À ces mots, la Signora rougit de colère, car de fait elle n'était plus jeune et le Nain avait un visage enfantin. Elle pensa qu'il se moquait ; et ses yeux lançaient des éclairs. Ceux de lord George pétillaient d'une certaine malice.

« La jeunesse est une épreuve considérable, rit-il. Dites-moi, de grâce, êtes-vous écrasé par plus de vingt printemps ? » « Par plus que je ne peux compter, dit le Nain : À la santé de Votre Seigneurie ! » et il avala son grand verre de vin. Lord George le renouvela et lui demanda par quel moyen ou quel miracle il avait acquis sa maîtrise de l'arc.

« Grâce à un long entraînement, répliqua la petite chose ; un long entraînement sur les créatures humaines. » Et il agita ses boucles mystérieusement.

« En vérité, vous êtes dangereux à côtoyer dans une loge. »

« Votre Seigneurie offrait une bonne cible. »

Appréciant peu cette ironie envers sa grandeur, qui rivalisait réellement avec celle du Régent, lord George se tourna brusquement sur son siège et posa son regard sur la scène. Cette fois, c'était la Gambogi qui riait.

On était en train de jouer une nouvelle opérette, *La Belle Captive de Samarcande*, et les habitués de chez Garble étaient tous curieux de voir la nouvelle *débutante*, Jenny Mere, que l'on annonçait comme à la fois jolie et talentueuse. Ces prédictions se trouvèrent assurément confirmées quand la captive lança un regard par la fenêtre de sa tourelle de bois. Elle semblait si pâle sous son turban bleu. Ses yeux étaient assombris par la crainte ; ses lèvres entrouvertes semblaient incapables d'une parole. « Est-elle effrayée par nous », s'émerveillaient les spectateurs. « Ou par le cimeterre scintillant d'Aphoschaz, le père cruel qui la retient captive ? » Voilà pourquoi ils lui offrirent de bruyants applaudissements, et quand, enfin, elle sauta, pour être rattrapée par les bras de son galant amoureux, Nissarah, et que, écartant ses vêtements drapés d'Orient, elle fit une danse très simple, à la manière d'une Colombine, leur enchantement n'eut plus de limites. Elle était très jeune et ne dansait pas très bien, c'est vrai, mais ils le lui pardonnaient. Et quand, au détour d'un pas, elle vit son père avec son cimeterre, les cœurs, pour elle, battirent plus vite. Il ne semble pas non plus que tous les yeux restèrent secs lorsqu'elle implora la vie sauve.

Étrangement absorbé, tout à fait indifférent à ses deux voisins, lord

George avait le regard fixé au-dessus de la rampe. Il ressemblait à une personne en transe. Soudain, quelque chose d'aigu lui pénétra le cœur. Sous la douleur, il bondit sur ses pieds et, comme il se tournait, il lui sembla voir s'enfuir doucement dans l'obscurité un enfant ailé en train de rire, avec un arc dans la main. À côté de lui se trouvait le siège du Nain. Il était vide. Seule la Gambogi se trouvait avec lui, et son visage sombre était celui d'une furie.

Plus tard, il s'enfonça à nouveau dans son siège, gardant une main sur son cœur qui palpitait encore de l'étrange transpercement. Il respirait avec peine et semblait tout juste conscient de ce qui l'entourait. Mais la Gambogi savait que désormais il ne lui rendrait plus hommage, car l'amour de Jenny Mere était venu dans son cœur.

Quand l'opérette fut finie, Sa Seigneurie, malade d'amour, empoigna son manteau et partit sans un mot pour la dame qui était à ses côtés. Lord George écarta rudement le comte Karoloff et M. FitzClarence, avec lesquels il était convenu de jouer au jeu du hasard. Ses compagnons, son cynisme, son dédain insouciant – tous ces matériaux de son existence – il les ignorait maintenant. Il n'avait plus le temps de faire pénitence ou de tergiverser. Il savait seulement qu'il lui fallait s'agenouiller aux pieds de Jenny Mere et la prier d'être sa femme.

« Mademoiselle Mere, dit Garble, est dans sa loge en train de repasser sa tenue de ville. Si Votre Seigneurie daigne attendre la conclusion de son humble toilette, j'aurai le privilège de la présenter à Votre Seigneurie. En fait, j'entends déjà son pas dans l'escalier. »

Lord George se découvrit et d'une main nerveuse égalisa sa perruque rebelle.

« Mademoiselle Mere, venez ici, dit Garble. Voici monseigneur George Hell, à qui vos pauvres efforts de cette nuit ont eu l'heur de plaire, ce qui constituera à jamais la principale récompense de votre traversée des attrayants royaumes de l'art. »

La petite Mlle Mere qui n'avait jamais vu un lord, sauf dans son imagination ou dans ses rêves, fit timidement la révérence et baissa la tête. En une chute sonore, lord George Hell s'agenouilla à ses pieds. Le gérant fut grandement surpris, la jeune fille grandement embarrassée. Malgré tout, aucun des deux ne rit car la sincérité conférait de la dignité à cette posture tout comme elle donnait de l'éloquence aux lèvres de lord George.

« Mademoiselle Mere, s'écria-t-il, de grâce, prêtez l'oreille à mes pauvres mots, et ne me rejetez pas avec négligence depuis le piédestal de votre beauté, votre génie, et votre vertu. Bien trop conscient, hélas, de ma présomption dans ces domaines, je ne m'en incline pas moins devant vous en tant que prétendant à votre adorable main. Je tâtonne dans l'ombre de votre chevelure de jais. Je suis ébloui par la lumière de vos yeux, ces astres translucides. Dans l'intenable tourbillon de votre renommée, je défaille et j'ai peur. »

« Sir… », commença simplement la jeune fille.

« Dites "Monseigneur" », corrigea Garble, avec solennité.

« Monseigneur, je vous remercie pour ces mots. Ils sont admirables. Mais en vérité, en vérité, je ne pourrai jamais être votre promise. »

Lord George cacha son visage dans ses mains.

« Mon enfant, dit M. Garble, que le soleil ne se lève pas sans que vous ayez retiré ces vilains mots. »

« Ma fortune, mon rang, mon irréversible amour pour vous, je jette tout cela à vos pieds, s'écria lord George, pitoyablement. J'attendrai une heure, une semaine, un lustre, une décennie même, si vous m'offrez simplement de l'espoir ! »

« Je ne pourrai jamais être votre épouse, dit-elle lentement. Je ne pourrai jamais être l'épouse d'un homme qui n'ait pas le visage d'un saint. Votre visage, Monseigneur, reflète, il se peut, un amour sincère pour moi, mais il ressemble à un miroir longtemps terni par le reflet de la vanité de ce monde. Il est semblable à un miroir terni. Ne vous agenouillez pas devant moi, je suis pauvre et humble. Je n'ai pas été préparée à une cour aussi impétueuse. Agenouillez-vous, si vous voulez, devant une plus grande dame, plus gaie. Quant à mon amour, il m'appartient, et ne peut m'être arraché, il sera offert librement, comme tout amour sincère doit l'être. Ah, ne restez pas à genoux. C'est à l'homme dont le visage sera aussi admirable que le visage des saints que je donnerai mon sincère amour. »

Mlle Mere, bien que visiblement affectée, avait tenu ces propos avec des gestes et une élocution si magnifiques que M. Garble ne put s'empêcher de l'applaudir, bien qu'il regrettât profondément son attitude à l'endroit de son honorable client. Lord George était pour sa part immobile, tel un chêne foudroyé. Avec un doux regard de commisération, Mlle Mere se mit en route, et M. Garble, avec une certaine sollicitude, aida Sa Seigneurie à se relever. Lord George s'en alla dans la nuit, sans un mot. Les étoiles, au-dessus de lui, étaient toujours splendides. Elles semblaient tourner en ridicule les guirlandes de petits lampions, désormais vacillants, dont la cire gouttait dans le jardin de Garble. Que devait-il faire ? Aucune idée ne lui vint ; il n'avait que son cœur qui le brûlait. Vide et artificiel, à l'image de sa vie passée, il était debout au bord du lac de Garble. Deux cygnes dormaient à la surface. La lune brillait étrangement sur leurs cous blancs, entortillés. Devait-il se noyer ? Il n'y avait personne dans le jardin pour l'en empêcher, et au matin on le trouverait flottant là, une des plus nobles victimes de l'amour. Le jardin serait fermé pour la soirée. Il n'y aurait pas de représentation au petit théâtre. Peut-être même que Jenny Mere le pleurerait. « La vie est une prison, sans barreaux », murmura-t-il comme il s'éloignait.

Toute la nuit il arpenta les rues et les places mystérieuses de Londres sans savoir où cela le mènerait. Les gardiens, à qui sa personne était très familière, serraient leur gourdin à son approche, car ils avaient de vieilles raisons de craindre ses manières sauvages et belliqueuses. Il ne faisait pas attention à eux. Profondément absorbé par son amour et son désespoir, il avançait à grandes enjambées au milieu du combat confus que l'obscurité et le jour se livrent en silence durant notre sommeil.

À l'aube, il se trouva à Kensington en lisière d'un petit bois. Un lapin le dépassa en se précipitant à travers la rosée. Des oiseaux voltigèrent dans les branches. Les feuilles frissonnèrent avec la venue du jour, et l'air fut empli de la douce senteur des jacinthes.

Comme la campagne était fraîche ! Elle semblait soigner les maladies fiévreuses de son âme et bénir son amour. Dans la belle lumière de l'aube, il commença à réfléchir au moyen de se gagner Jenny Mere qu'il avait conçu aux heures désespérées de la nuit. Bientôt, un vieux forestier passa, et, avec une courtoisie fruste, lui montra le chemin le plus rapide pour regagner la ville. Il quitta le bois à contrecœur. Avec Jenny, pensa-t-il, il vivrait toujours à la campagne. Et il cueillit pour elle un bouquet de fleurs sauvages.

Sa *rentrée* dans la ville silencieuse renforça ses résolutions arcadiennes. Lui qui avait vu si souvent la ville aux heures du sommeil n'avait jamais remarqué à quel point son aspect général était sinistre. Dans les rues étroites, les maisons blanches l'encadraient comme des falaises de craie. Il se pressait vivement sur des chaussées non balayées. Comment avait-il pu aimer cette cité aux secrets malfaisants ?

Il arriva enfin place St. James, à la détestable porte de sa résidence. Semblables à des souvenirs, des ombres s'étendaient dans chaque coin du terne vestibule. À travers la fenêtre de sa chambre, un rayon de soleil tombait en oblique par-dessus son doux lit blanc et finissait horriblement sur la grille cendreuse de la cheminée.

Le matin était lumineux à Old Bond Street, et le boulot M. Aeneas, le fabricant de masques à la mode, prenait le soleil sur le pas de son magasin. Sa vitrine était garnie, comme à l'accoutumée, de toutes sortes de masques – des masques merveilleux aux joues roses, et des masques absurdes aux mentons en galoche ; de curieux προσωπα copiés sur de vieux modèles de tragédie ; des masques en papier pour les enfants, en soie fine pour les dames, et en cuir pour les travailleurs ; avec ou sans barbe, dorés ou en cire (la plupart d'entre eux, à vrai dire, étaient en cire), des grands masques et des petits masques. Et au milieu de cette vaine galaxie pendait la représentation d'une face de cyclope finement sculptée dans de l'or, avec un gros saphir sur le front.

Le soleil miroitait brillamment sur la vitrine et sur le crâne chauve et sur les souliers vernis du replet M. Aeneas. Il était trop tôt pour qu'un client se présente et dans l'air frais M. Aeneas paraissait apprécier grandement son désœuvrement. Tout en se tenant là, il souriait avec complaisance, et il avait des raisons de le faire, car il était un grand artiste, avec plusieurs têtes couronnées et bien des nobles parmi ses clients. Pas plus tard que la veille au soir, M. Brummell, désirant échapper pour un moment à la vigilance jalouse de lady Otterton, s'était présenté dans son magasin pour commander un léger masque d'été. M. Aeneas aimait à croire que son art faisait de lui le dépositaire de secrets d'importance. Il souriait à la pensée de ces dilapidateurs titrés qui, *perdus* derrière ses chefs-d'œuvre, étaient en train de se faufiler sans dommage entre leurs créditeurs. Il était le confesseur séculier de l'époque, toujours disposé à accorder une absolution. Une position unique !

La rue était aussi tranquille qu'une rue de village. À une fenêtre ouverte surplombant la chaussée, une jolie dame, enveloppée dans un *peignoir* de mousseline, était assise sirotant sa tasse de chocolat. C'était la signora Gambogi, et M. Aeneas lui adressa de nombreuses courbettes. Toutefois, ses pensées semblaient très lointaines ce matin, et elle ne remarquait pas les efforts de politesse du petit homme. Irrité par son indifférence, M. Aeneas était sur le point de rentrer dans son magasin, quand il vit lord George Hell remontant précipitamment la rue, un bouquet de fleurs sauvages à la main.

« Sa Seigneurie s'est levée de bonne heure, se dit-il. Une visite matinale à la Signora, je suppose. »

Pourtant, il ne s'agissait pas de cela. Sa Seigneurie vint tout droit vers le magasin de masques. Jetant un unique regard vers la fenêtre de la Signora, lord George sembla profondément contrarié de voir qu'elle s'y tenait assise. Il entra vivement dans le magasin.

« Je veux le masque d'un saint », dit-il.

« Le masque d'un saint, Monseigneur ? Certainement ! dit M. Aeneas en s'activant. Avec ou sans auréole ? Le révérend évêque de St. Aldreds le porte toujours avec une auréole. Votre Seigneurie ne souhaite pas d'auréole ?

Certainement ! Si Votre Seigneurie me permet de prendre ses mesures… »

« Je dois avoir ce masque aujourd'hui, dit lord George. Vous n'en avez aucun qui soit prêt ? »

« Ah, je vois. C'est pour porter tout de suite, murmura M. Aeneas de façon hésitante. Voyez-vous, Votre Seigneurie fait plutôt une grande taille. » Et il regardait vers le sol.

« Julius ! cria-t-il soudain à son assistant qui mettait la touche finale à un masque de Barberousse que le jeune roi de Zürremburg devait porter pour son couronnement la semaine suivante : Julius ! Vous souvenez-vous du masque de saint que nous avions fabriqué pour M. Ripsby, il y a deux ans ? »

« Oui, monsieur, dit le garçon. Il est emmagasiné en haut. »

« C'est ce que je pensais, répliqua M. Aeneas. M. Ripsby ne l'avait qu'en location. Montez le chercher, Julius. J'imagine qu'il est exactement ce que Votre Seigneurie souhaiterait. Chargé de spiritualité et malgré tout élégant. »

« Est-ce un masque semblable au miroir du véritable amour ? » demanda lord George gravement.

« Il a précisément été fabriqué à cette fin, répondit le fabricant de masques. En fait, il fut fait pour les noces d'argent de M. Ripsby, et il fut grandement apprécié par les proches de M. Ripsby. Votre Seigneurie peut-elle passer dans le petit salon ? »

M. Aeneas indiquait le chemin vers son cabinet, à l'arrière du magasin. Il était transporté par cette recrue distin-guée pour sa *clientèle* car jusque-là lord George n'avait jamais compté au nombre de ses clients. Il faisait l'empressé dans son cabinet et insis-tait pour que Sa Seigneurie prenne un siège et prélève une prise dans sa boîte à tabac en attendant qu'on retrouve le masque de saint.

Le regard de lord George se promenait le long des rangées de lettres de grands personnages qui, mises sous verre, garnissaient les murs. Malgré tout, il ne les voyait pas car il évaluait la probabilité que la Gambogi ne l'ait pas remarqué lorsqu'il entrait dans le magasin de masques. Il était venu si tôt qu'il pensait qu'elle se serait encore trouvée au lit. Le vieux proverbe sinistre, « *La jalouse se lève de bonne heure* », lui revint en mémoire. Son regard tomba inconsciemment sur un grand masque rond fait d'argent mat, avec les traits d'un visage humain portés sur sa surface en une sorte de filigrane à peine perceptible.

« Votre Seigneurie se demande ce qu'est ce masque ! » babilla M. Aeneas en tapotant l'objet de l'ongle d'un de ses doigts menus.

« Quel est ce masque ? » murmura lord George d'un ton absent.

« Je ne devrais pas vous le dévoiler, Monseigneur, dit le fabricant de masques. Mais je sais que Votre Seigneurie respectera un secret professionnel, un secret dont on me pardonnera d'être fier. C'est, dit-il, un masque pour le dieu-soleil, Apollon, béni soit-il ! »

« Vous m'étonnez », dit lord George.

« De personne d'autre que lui, je peux vous l'assurer. Quand Jupiter, son père, fit de lui le seigneur du jour, Apollon avait insisté pour obtenir de voir, à l'occasion, les agissements de l'humanité aux heures de la nuit. Jupiter accepta une requête aussi modeste, et alors qu'Apollon venait de basculer derrière le ciel et de se cacher dans la mer, et que l'ombre était descendue sur le monde, il passa la tête au-dessus de l'eau afin de voir les agissements des humains durant la nuit. Mais, ajouta M. Aeneas avec un sourire, sa mine éclatante illumina l'obscurité. Les hommes abandonnèrent leur lit ou leurs bacchanales, en s'étonnant que le jour soit venu si tôt, et partirent pour leur travail. Et Apollon s'enfonça en larmes dans la mer. "Assurément, pleurait-il, il est cruel que je sois le seul, parmi tous les dieux, qui ne puisse pas voir le monde aux heures de la nuit. On me dit qu'à ces heures les hommes sont semblables à des dieux. Ils font couler le vin et sont couronnés de roses. Ils rient au son de la flûte. Enfin ils s'allongent sur leurs grands lits et le sommeil vient baiser leurs cils. Je ne puis voir aucune de ces choses. C'est pour cette raison que l'éclat de ma beauté est pour moi une malédiction et que j'aimerais m'en défaire." Tandis qu'il pleurait, Vulcain lui dit : "Je ne suis pas le moins malin des dieux, ni le moins compatissant. Ne pleure plus car je te donnerai de quoi en finir avec ton chagrin. Il ne sera pas nécessaire non plus de te défaire de l'éclat de ta beauté." Et Vulcain fit un masque d'argent mat et l'attacha sur le visage de son frère. Ainsi masqué, la nuit même, le dieu-soleil sortit de la mer et regarda les agissements de l'humanité aux heures de la nuit. Les hommes n'étaient plus décontenancés par son éclatante beauté puisqu'elle était cachée derrière le masque d'argent. Ceux qu'il avait vus si souvent hagards face à leurs tâches de la journée, il les voyait maintenant en train de faire la fête et couronnés de roses rouges. Il les entendait rire au son de la flûte, tandis que leurs filles dansaient à la lumière rouge des torches. Et quand enfin ils s'allongèrent sur leurs doux lits et que le sommeil baisa leurs cils, il retourna dans la mer et cacha son masque sous une petite pierre au fond de l'océan. Les hommes n'ont même jamais su qu'Apollon les observe souvent la nuit, ils imaginent plutôt qu'il s'agit d'une quelconque déesse pâle. »

« Moi-même, j'ai toujours pensé qu'il s'agissait de Diane », dit lord George Hell.

« Une erreur, Monseigneur, dit M. Aeneas avec un sourire : *Ecce Signum !* » Et il toucha le masque d'argent mat.

« Étrange, dit Sa Seigneurie. Et puis-je vous demander comment il se fait que ce soit à *vous* qu'Apollon ait commandé ce nouveau masque ? »

« Il a toujours porté douze masques neufs chaque année, attendu qu'aucun masque ne supporte plus de quelques nuits le proche éclat de son visage. Même un masque fait de l'argent le meilleur et le plus pur se ternit et se défait. Il y a des siècles, Vulcain se fatigua d'avoir à fabriquer autant de masques. Aussi Apollon envoya Mercure à Athènes, au magasin de Phoron, un fabricant de masques phénicien d'une grande habileté. Phoron fabriqua les masques d'Apollon durant des années, et chaque mois Mercure se présentait à son magasin pour en prendre un nouveau. Quand Phoron est mort, un autre artiste a été choisi, et quand il est mort, un autre encore, et ainsi de suite à travers les temps. Imaginez, Monseigneur, ma fierté et mon plaisir lorsque Mercure vint, une nuit de l'an dernier, dans mon magasin et fit de moi le fournisseur d'Apollon. C'est le plus haut privilège que puisse souhaiter un fabricant de masques. Et quand je mourrai, dit M. Aeneas avec une certaine émotion, Mercure confiera ma charge à quelqu'un d'autre. »

« Et est-ce qu'on vous paye pour votre travail ? » demanda lord George. M. Aeneas se redressa de toute sa taille, même si elle était peu de chose. « Monseigneur, dit-il, dans l'Olympe, il n'y a pas de monnaie. Pour tout fabricant de masques, un aussi grand privilège est une récompense en soi. Malgré tout, le dieu-soleil est généreux. Il brille sur mon magasin avec plus d'éclat que sur tout autre. Pas plus qu'il ne laisse ses rayons faire fondre le moindre masque de cire fabriqué par mes soins jusqu'à ce que celui qui le porte ait fini de s'en servir. » À ce moment, Julius entra avec le masque de Ripsby.

« Je dois demander pardon à Votre Seigneurie de l'avoir fait attendre si longtemps, s'excusa M. Aeneas. Mais j'ai un grand stock de vieux masques et ils sont imparfaitement catalogués. »

C'était assurément un masque magnifique, avec de douces joues roses et des sourcils de dévotion. Il était fait de la cire la plus fine. Lord George le prit délicatement dans ses mains et essaya de le placer sur son visage. Il lui allait *à merveille.*

« Est-ce que l'expression est exactement celle que Votre Seigneurie souhaiterait ? » demanda M. Aeneas.

Lord George le posa sur la table et l'étudia avec une attention soutenue. « Je le souhaiterais davantage semblable à un parfait miroir de l'amour authentique, dit-il enfin. Il est trop calme, trop contemplatif. »

« Facile à corriger ! » dit M. Aeneas. Choisissant un fin crayon, il redessina adroitement des sourcils plus proches l'un de l'autre. Avec un pinceau trempé dans du pigment écarlate, il donna aux lèvres un arrondi mieux rempli. Et, voyez ! c'était le masque d'un saint qui aimait tendrement. Le cœur de lord George battait de plaisir.

« Et combien de temps Votre Seigneurie souhaite-t-elle le porter ? » demanda M. Aeneas.

« Je dois le porter jusqu'à ce que je meure », répliqua lord George.

« Alors, je vous prie, ayez la bonté de vous asseoir, répondit le petit homme. Car je dois appliquer le masque avec beaucoup de minutie. Julius, vous m'assisterez ! »

Donc, tandis que Julius chauffait l'intérieur du masque sur une petite lampe, M. Aeneas se pencha sur lord

George, enduisant délicatement ses traits d'une pommade à la douce odeur. Ensuite il prit le masque et, à l'aide d'une houpette duveteuse, en poudra l'intérieur devenu maintenant tiède et doux. « Ne bougez pas, rien qu'un instant », dit-il, et, d'un coup, fermement, il appliqua le masque sur le visage tourné vers le haut de Sa Seigneurie. Dès qu'il fut certain de sa parfaite adhérence, il prit des mains de son assistant une lime d'argent et une petite spatule de bois avec lesquelles il entreprit de rogner les bords du masque là où il rejoignait le cou et les oreilles. Pour finir, toutes les traces de jointure furent effacées. Il ne restait qu'à arranger les boucles de la perruque seigneuriale au-dessus des sourcils de cire.

Le travestissement était accompli. Lorsque lord George regarda le miroir placé dans sa main à travers les trous des yeux de son masque, il vit une face qui était sainte, en soi un miroir du véritable amour. Comme c'était magnifique ! Il se sentit véritablement un nouvel homme. Sa voix sonna curieusement à travers les lèvres entrouvertes du masque, tandis qu'il remerciait M. Aeneas.

« Fier d'avoir servi Votre Seigneurie », dit cet estimable petit homme, empochant ses honoraires de cinquante guinées tandis qu'il s'inclinait à la sortie de son client.

Quand il atteignit la rue, lord George faillit lâcher un juron entre ses saintes lèvres. Car là, en plein sur son chemin, se tenait la Gambogi avec une petite ombrelle rose. Elle posa la main sur sa manche et l'appela doucement par son nom. Il la dépassa sans un mot. Elle se replaça à nouveau devant lui.

« Je ne peux laisser partir un amant aussi élégant, plaisanta-t-elle, même s'il me rejette avec mépris. Ne me repousse pas, George. Donne-moi ton bouquet de fleurs sauvages. Pourquoi jusqu'ici ne m'as-tu jamais regardée avec autant d'amour ? »

« Madame, dit lord George sévèrement, je n'ai pas l'honneur de vous connaître. » Et il poursuivit sa route.

La dame fixa son amant perdu avec la plus noire des haines dans les yeux. Puis elle fit signe à un certain espion de l'autre côté de la rue.

Et l'espion partit derrière Sa Seigneurie.

Lord George, très agité, avait tourné dans Picadilly. C'était horrible d'avoir rencontré la voyante incarnation de son passé sur le seuil de son beau futur. Les propos élevés du fabricant de masques à propos des dieux, suivis par la cérémonie de son initiation au masque de saint, avaient chassé tous les souvenirs qui ne s'accordaient pas à ses pensées amoureuses envers Jenny Mere. Et il fallait qu'après ça il tombe sur la Gambogi ! Peut-être qu'après ses mots sévères, elle n'essaierait plus de croiser sa route. Elle ne chercherait sûrement pas à gâcher son amour sacré. Pourtant, il connaissait sa sombre nature italienne, sa passion pour la vengeance. Quel était ce vers de Virgile ? *Spretaeque* – quelque chose. Qui sait si d'une façon ou d'une autre, tôt ou tard, elle ne s'interposerait pas entre lui et son amour ?

Il était sur le point de dépasser le château de lord Barrymore. Le comte Karoloff et M. FitzClarence étaient accoudés à une des fenêtres du bas. Le reconnaîtraient-ils sous son masque ? Grâce à Dieu ! non. Ils se contentèrent de rire tandis qu'il passait, et M. Fitz-Clarence lança d'une voix moqueuse : « Chantez-nous un hymne, M. Saint-je-ne-sais-pas-quoi ! » Le masque, au moins, était parfait. Jenny Mere ne le reconnaîtrait pas. Il n'avait à craindre que la Gambogi. Mais trahirait-elle son secret ? Il soupira.

Cette nuit il se rendrait chez Garble et déclarerait son amour à la jeune actrice. Il ne doutait pas qu'elle l'aimerait pour son saint visage. N'avait-elle pas dit : « Cet homme dont le visage est beau comme le sont les visages des saints, à lui je donnerai mon sincère amour » ? Maintenant, elle ne pourrait pas dire que son visage était un miroir terni de l'amour. Elle lui sourierait. Elle serait son épouse. Mais la Gambogi serait-elle chez Garble ?

L'opérette ne serait pas finie avant dix heures ce soir. L'horloge à l'entrée de Hyde Park lui indiquait qu'il n'était pas encore dix heures – dix heures du matin. Douze heures pleines à attendre avant qu'il puisse tomber aux pieds de Jenny ! « Je ne peux pas passer tout ce temps en un lieu chargé de souvenirs », pensa-t-il. Il héla donc un fiacre jaune et ordonna au cocher de le conduire au village de Kensington.

Quand ils arrivèrent au petit bois où il se trouvait encore quelques heures auparavant, lord George régla le cocher. Le soleil, qui s'était levé tandis qu'il se tenait là en pensant à Jenny, brillait sur son visage transformé, mais, bien qu'il brillât très férocement, il ne faisait pas fondre ses traits de cire. Le vieux forestier qui lui avait montré son chemin passa sous un chargement de fagots, sans le reconnaître.

Il déambula parmi les arbres. C'était un bois charmant.

Il arriva ensuite au bord de ce petit ruisseau, le Ken, qui coulait encore là à cette époque. Il s'allongea sur la mousse de la rive et laissa l'eau perler sur sa main. Quelques galets luisants brillaient sous la surface, et, tandis qu'il baissait les yeux pour les regarder, il vit le reflet de son masque. Une immense honte l'envahit car il allait ainsi tromper la jeune femme qu'il aimait. Sous ce beau masque, il y aurait toujours le visage maléfique qu'elle avait trouvé repoussant. Pouvait-il être assez bas pour la leurrer au point de lui faire aimer les traits de son ingénieuse supercherie ? Il était empli d'une grande pitié pour elle, et de haine envers lui-même. Et pourtant, argumentait-il, le masque n'est-il pas en fait une astuce très ordinaire ?

C'était sûrement un symbole secret de sa sincère contrition et de son véritable amour. Son visage était vil, parce que sa vie avait été vile. Il avait vu une gracieuse jeune fille, et c'est véritablement son âme qui, d'un coup, s'en était trouvée changée. Seul son visage restait ce qu'il avait été. Il n'était pas juste que son visage soit encore vil.

Il y eut le léger bruit de quelqu'un en train de soupirer. Lord George leva les yeux, et là, sur l'autre rive, se tenait Jenny Mere en train de le regarder. Comme leurs regards se croisaient, elle rougit et baissa la tête. Telle qu'elle était, avec son simple sarrau un peu flou de coton lilas et son chapeau de paille brûlé par le soleil, elle n'avait l'air de rien d'autre que d'une grande enfant. Il n'osa pas lui parler ; il ne pouvait que la regarder. Soudain, cet enfant ailé et riant, tenant un arc à la main, se jucha à

califourchon sur la branche d'un arbre,
à côté d'elle. Avant que lord George ait
pu la prévenir, une flèche avait étincelé
et disparu dans son cœur, et Cupidon
s'était enfui.

Elle ne fit entendre aucun cri de
douleur, mais tendit les bras vers
son amoureux, avec un sourire content.
Il sauta avec une certaine légèreté
au-dessus du petit ruisseau et s'agenouilla à ses pieds. Il semblait plus
convenable qu'il s'agenouille devant
cette gracieuse créature qu'il ne méri-
tait pas. Mais elle, sachant seulement
que sa face était celle d'un grand saint,
se pencha vers lui et le toucha de la
main.

« Assurément, dit-elle, vous êtes cet
homme bon que j'ai attendu. Il ne faut
pas vous agenouiller devant moi, mais
vous lever et accepter que je baise
votre main. Car mon amour pour vous

est humble, et mon cœur vous appartient. »

Mais il répondit, en regardant ses yeux aimants : « Non point, vous êtes une reine, et je dois m'agenouiller en votre présence. »

Elle agita la tête avec un air de regret et, dans son ardent ravissement, s'agenouilla elle aussi devant lui. Et tandis qu'ils étaient agenouillés face à face, elle eut les larmes aux yeux et lui l'embrassa. Bien que les lèvres qu'il pressait sur ses lèvres ne soient que de la cire, cette contrefaçon de baiser le transportait de bonheur. Il la tint serrée dans ses bras, et ils restèrent silencieux au plus sacré de leur amour.

Il tira de son habit le bouquet de fleurs sauvages qu'il avait cueillies.

« Elles sont pour vous, murmura-t-il, je les ai cueillies pour vous, il y a quelques heures, dans ce bois. Regardez ! Elles ne sont pas fanées. »

Mais ses mots la déroutaient et, en rougissant, elle lui dit : « Comment se fait-il que vous les ayez cueillies pour moi alors que vous ne m'aviez jamais vue ? »

« Je les ai cueillies pour vous, répondit-il, en sachant que je vous verrais bientôt. Comment se fait-il que vous, qui ne m'aviez jamais vu, étiez pourtant en train de m'attendre ? »

« J'attendais, en sachant que je finirais par vous rencontrer. » Et elle embrassa le bouquet et le mit sur sa poitrine.

Et ils se levèrent et partirent dans le bois, en marchant main dans la main. Tandis qu'ils avançaient, il demandait le nom des fleurs qui poussaient à leurs pieds. « Celles-ci sont des primevères, disait-elle. Vous ne le saviez pas ? Et celles-ci des sabots-de-la-reine et celles-là des myosotis. Quant à cette fleur blanche qui grimpe sur le tronc des arbres et redescend si joliment des branches, elle s'appelle l'astyanax. Ces petites choses jaunes sont des boutons-d'or. Vous ne le saviez pas ? » Et elle riait.

« Je ne connais le nom d'aucune de ces fleurs », dit-il.

Elle le regarda en face et dit timidement : « Ai-je été trop terre à terre, ai-je eu tort d'aimer les fleurs ? Aurais-je dû penser davantage à ces choses d'une nature plus élevée que l'on ne voit pas ? »

Son cœur fut saisi. Il ne pouvait faire face à sa simplicité.

« Les fleurs sont sûrement bonnes, et est-ce que vous n'avez pas cueilli ce bouquet pour moi ? plaida-t-elle. Mais si vous ne les aimez pas, je ne dois pas les aimer. Et j'essaierai d'oublier leur nom. Car je dois m'efforcer d'être semblable à vous en toutes choses. »

« Aimez toujours les fleurs, lui dit-il, et apprenez-moi à les aimer. »

Elle lui dit donc tout sur les fleurs, comment certaines poussaient très lentement et d'autres jaillissaient en une nuit ; combien le liseron était habile pour grimper, et à quel point les violettes étaient timides, et pourquoi les cœurs-de-miel avaient des pétales repliés. Elle lui parla aussi des oiseaux qui chantaient dans le bois, comment elle les reconnaissait tous par leurs cris. « Voilà un pinson qui chante. Écoutez ! » disait-elle. Et elle essaya d'en imiter le son afin que son amoureux s'en souvienne. Tous les oiseaux étaient bons, selon elle, à l'exception du coucou, et lorsqu'elle en entendait un en train de chanter elle s'efforçait de ne pas écouter de crainte qu'elle ne finisse par lui pardonner de voler les nids. « Chaque jour, dit-elle, je suis venue ici parce que je me sentais seule, et le bois semblait me prendre en pitié. Mais maintenant je vous ai. Et j'en suis bien aise. »

Elle se serra davantage à son bras, et il l'embrassa. Elle repoussa son chapeau de paille en arrière, de telle façon qu'il demeure accroché à son cou par le ruban, et elle appuya sa petite tête contre son épaule. Pendant un moment, il oublia sa trahison à son endroit, ne pensant qu'à son amour pour elle et à l'amour d'elle pour lui. Brusquement, elle lui dit : « Pouvez-vous ne pas vous mettre en colère si je vous avoue quelque chose ? C'est quelque chose qui va vous paraître épouvantable. »

« *Pauvrette*, répondit-il, vous ne pouvez rien avoir d'épouvantable à avouer. »

« Je suis très démunie, dit-elle, et chaque soir je danse dans un théâtre pour gagner mon pain. Est-ce que vous me méprisez parce que je danse ? » Elle le regarda timidement et vit que son visage était empli d'amour pour elle et sans colère.

« Est-ce que vous aimez danser ? » demanda-t-il.

« Je hais cela, répondit-elle rapidement. Je hais cela pour de bon. Pourtant – cette nuit, hélas ! Je dois à nouveau danser dans ce théâtre. »

« Vous n'aurez plus jamais besoin de danser, dit son amoureux. Je suis riche et je paierai pour qu'on vous laisse partir. Vous ne danserez que pour moi. Mon amour, il ne peut être guère plus de midi. Allons en ville, tant qu'il est encore temps, et nous deviendrons femme et mari, aujour-d'hui même. Pourquoi vous comme moi devrions-nous rester des soli-taires ? »

« Je ne sais pas », dit-elle.

Ils repartirent donc à travers le bois, en suivant un étroit sentier dont Jenny disait qu'il les ramènerait en ville au plus vite. Et, tandis qu'ils avançaient, ils arrivèrent à un petit cottage, avec un jardin rempli de fleurs. Le vieux forestier était accoudé sur sa clôture et, à leur passage, il les salua d'un signe de la tête.

« J'ai souvent envié, dit Jenny, le forestier vivant dans ce charmant petit cottage. »

« Alors vivons là », dit lord George. Et il revint sur ses pas pour demander au vieil homme s'il n'était pas malheu-reux de vivre là, seul.

« La vie est dure ici pour moi, répondit le vieil homme. Personne ne vient dans ce bois, sauf de jeunes enfants pour jouer, de temps en temps, ou des amoureux comme vous. Mais ils me remarquent rarement. Et à la mauvaise saison, je suis seul avec le général Hiver. Les hommes âgés préfèrent des compagnies plus joyeuses. Oh ! je mourrai dans la neige avec mes fagots sur le dos. C'est la vie dure, ici ! »

« Je vous donnerai de l'or en échange de votre cottage et de tout ce qui peut s'y trouver, et ainsi vous pourrez vous en aller et vivre heureux à la ville », dit lord George. Et il prit dans son manteau un billet de deux cents guinées et le tendit à travers les claires-voies de la clôture.

« Les amoureux sont de pauvres fous qui vivent dans les comptines, marmonna le vieil homme. Mais, Sir, je vous remercie profondément. Cette petite somme me rendra la vie douce aussi longtemps que je durerai. Installez-vous dans le cottage dès que possible. C'est un lieu solitaire et je me sens réconforté à l'idée d'en partir. »

« Nous allons nous marier en ville, cet après-midi, dit lord George. Nous reviendrons directement chez nous. »

« Je vous souhaite d'être heureux ! répliqua le forestier. Quand vous arriverez, vous ne me trouverez plus là. »

Et les amoureux le remercièrent et poursuivirent leur chemin.

« Êtes-vous très riche ? demanda Jenny. Vous fallait-il acheter le cottage pour un prix aussi élevé ? »

« M'aimeriez-vous autant si j'étais tout à fait pauvre, petite Jenny ? » demanda-t-il après une pause.

« Je ne savais pas que vous étiez riche quand je vous ai vu de l'autre côté du ruisseau », dit-elle.

Et lord George prit une résolution au fond de son cœur. Il allait se séparer de tous ses biens matériels. Tout l'argent qu'il avait gagné dans des clubs, honnêtement ou en trichant, toute cette hideuse accumulation de guinées d'or, serait distribué parmi les compagnons qu'il avait appauvris. Tandis qu'il marchait, avec la douce et confiante jeune fille à ses côtés, le vague souvenir de son infamie l'assaillit, et une expression de souffrance perça sous son masque souple. Il allait racheter ses fautes. Il n'éviterait aucun sacrifice qui puisse purifier son âme. Il se séparerait de toute sa fortune. Il rendrait Follard Chase à sir Follard. Il vendrait sa résidence de la place St. James. Il garderait une petite part de son patrimoine, assez pour vivre dans les bois, avec Jenny, mais pas davantage.

« Je serai tout à fait pauvre, Jenny », dit-il.

Et ils parlèrent des choses dont les amoureux aiment parler, combien ils seraient heureux ensemble et combien ils seraient économes. Tandis qu'ils passaient devant la pâtisserie Herbert qui, mes petits lecteurs le savent, se trouve toujours à Kensington, Jenny tourna un regard chargé d'un vague regret vers le visage ascétique de son amoureux.

« Penserez-vous que je suis avide, lui demanda-t-elle, si je désire une brioche au lait. Ils ont des brioches magnifiques ici ! »

Des brioches au lait ! Ces simples mots mirent en marche un souvenir latent de son enfance. Des brioches au lait ! Il avait oublié à quoi elles ressemblaient. Et tandis qu'ils regardaient les piles des diverses viennoiseries dans la vitrine, il lui dit : « Lesquelles sont les brioches au lait, Jenny ? J'en voudrais une, moi aussi. »

« J'ai un peu peur de vous, dit-elle. Vous devez tellement me mépriser. Êtes-vous si bon que vous vous refusez les futilités et les plaisirs qu'aiment la plupart des gens ? C'est extraordinaire de ne pas savoir ce que sont les brioches au lait ! Les gâteaux ronds, bruns, brillants, avec des petits raisins à l'intérieur, ce sont les brioches au lait. »

Il acheta donc deux magnifiques brioches au lait, et ils s'assirent ensemble dans la boutique pour les manger. Jenny mordit dans la sienne avec hésitation mais fut rassurée lorsqu'il dit qu'ils devraient manger souvent des brioches au lait dans leur cottage. Oui ! lui, le fameux soiffard et *gourmet* de St. James, savourait cette cuisine familiale venant à son palais à travers les lèvres insensibles de son masque. Il semblait devenir un homme meilleur grâce à la consommation de cette brioche.

Mais il n'y avait maintenant plus de temps à perdre. Il était déjà deux heures passées. Il loua donc un fiacre à l'hôtel de poste en face de la pâtisserie et ils furent rapidement rendus à Doctors' Commons. Là, il acheta une dispense de bans. Quand l'employé lui demanda d'y inscrire son nom, il hésita. Quel nom devait-il se donner ? Il avait courtisé cette jeune fille sous un masque, il devait en faire son épouse sous un faux nom. Il était dégoûté de lui-même, de ce fourbe. Il avait vilement volé l'amour qu'elle ne voulait pas lui offrir. Même maintenant, ne devait-il pas avouer, avant de s'éloigner d'elle, qu'il était cet homme dont le visage l'avait effrayée ? Et pourtant, c'est certain, il était injuste que lui, dont l'âme était transfigurée, portât son ancien nom. C'est certain, George Hell était mort, et son nom était mort avec lui. Il plongea donc une plume dans l'encre et écrivit « George Heaven » faute d'un meilleur nom. Et Jenny écrivit « Jenny Mere » au-dessous.

Une heure plus tard, ils étaient mariés selon le simple rituel d'un petit bureau d'état-civil de Covent Garden.

Et dans la fraîcheur du soir, ils allèrent chez eux.

Ils eurent une merveilleuse lune de miel dans le cottage qui avait appartenu au forestier. Un roi et une reine n'auraient pu être plus heureux dans un palais en or. Pour eux, leur petit cottage était un palais, et les fleurs qui remplissaient le jardin étaient leurs messagers. Les jours de leur règne étaient longs et insouciants et emplis de baisers.

Parfois, il est vrai, des rêves étranges venaient déranger le sommeil de lord George. Une fois, il rêva qu'il se tenait devant la grand-porte d'un château où il frappait, et frappait encore. C'était une nuit glaciale. Le gel l'enveloppait. Personne ne répondait. Ensuite, il entendait un bruit de pas dans le vestibule, et une paire d'yeux effrayés le scrutaient à travers la grille du guichet. Jenny était en train d'examiner son visage. Elle n'ouvrait pas. Il la suppliait avec des larmes et des mots fous, mais elle ne lui ouvrait pas. Alors, il se glissait à pas de loup autour du château et trouvait dans le mur une petite fenêtre à deux battants. Elle était ouverte. Il s'y hissait rapidement, sans bruit. Dans l'obscurité de la pièce, quelqu'un courait vers lui et l'embrassait avec bonheur. C'était Jenny. Il se réveillait avec un cri de joie et de honte. Jenny était allongée à côté de lui, dormant tel un petit enfant.

Après tout, qu'est-ce qu'un rêve représentait pour lui ? Pas de quoi gâcher la réalité de son bonheur quotidien. Il entretenait une sincère contrition pour le mal qu'il avait fait dans le passé. Le passé ! C'était, de fait, la seule chose irréelle qui subsistait dans sa vie. Chaque jour, cela perdait de sa substance, devenait encore plus ténu, tandis qu'il vivait sa lune de miel rustique. N'avait-il pas, quelques heures après son mariage, écrit à son avocat en lui déclarant solennellement que lui, George Hell, avait renié le monde, qu'il se trouvait là où aucun homme ne saurait le trouver, qu'il désirait que tous ses biens soient distribués comme ceci et comme cela, parmi tel ou tel de ses compagnons ? Par ce testament il avait vraiment racheté les erreurs qu'il avait commises, il avait fait de lui un homme mort pour le monde.

Il n'avait pas porté d'adresse sur le document. Bien que ses ordres soient définitifs et irrévocables, il ne pouvait laisser filtrer aucun indice sur le lieu où il se cachait. Du reste, personne ne se donnerait la peine de le rechercher. Lui qui n'avait fait de bien à personne sortirait des mémoires sans provoquer d'affliction. Dans les clubs, à coup sûr, on rirait et on serait intrigué par son étrange abjuration, tout en enviant ceux qu'il avait enrichis. On dirait : « Bon débarras, c'était un coquin », et on l'oublierait vite [1]. Mais celle dont il

---

1. Une fois encore, je renverrai mes petits lecteurs aux pages des *Élégants contempo-rains* où le capitaine Tarleton spécule sur la soudaine disparition de lord George Hell et décrit son effet sur la ville. « Même le plus perspicace, dit-il, ne pouvait former le moindre début de conjecture qui aurait éclairé la *disparition* de cet homme débauché. Il était censé avoir emmené avec lui une petite danseuse de chez Garble, *mauvais lieu de divertissement* où il est établi qu'il se trouvait la nuit de sa disparition, et où la jeune femme n'était jamais retournée. Garble déclarait qu'il avait reçu un dédommagement pour la perfidie de cette personne dont il était convaincu qu'elle n'avait pas succombé à Sa Seigneurie qu'elle avait en fait vertement rejetée. Sa Seigneurie aurait-elle, demandaient les commérages, mis fin à ses jours – et à ceux de la jeune femme ? *Il n'y a pas de preuve.*

avait été le principal client, celle qui l'avait aimé à sa vile manière, la

Le plus étonnant reste que le fugitif aurait rédigé un testament complet, restituant tout l'argent qu'il avait gagné aux cartes, etc., etc. Cela corrobore tout à fait l'opinion selon laquelle il fut saisi par un repentir soudain et gagna outre-mer un monastère où il finit par mourir dans un religieux silence. Il en a peut-être été ainsi, en revanche, il reste certain que de nombreux paniers percés ont entendu des guinées tinter dans leurs poches, un son pas désagréable, je l'affirme. Le Régent lui-même a profité du singulier testament, et sir Follard Follard s'est à nouveau retrouvé dans la maison ancestrale dont il s'était fait dépouiller. Quant à la résidence de lord George, place St. James, elle fut vendue avec tous les droits qui y étaient associés, et l'argent, plus qu'une bagatelle, produit par la vente fut distribué à plusieurs bonnes œuvres, selon les souhaits exprimés par Monseigneur. Bien entendu, nombre d'entre nous avons béni son nom – nous l'avions maudit suffisamment souvent. Paix à ses cendres, quelle que soit l'urne où

Gambogi, l'oublierait-elle facilement, comme les autres ? Son spectre devenait plus vague, moins impressionnant, tandis que les doux jours s'écoulaient. Elle connaissait son masque, c'est certain, mais comment le retrouverait-elle dans ce cottage près de Kensington ? *Devia dulcedo latebrarum !* Caché avec son épouse, il était en sécurité. Quant à l'Italienne, elle pouvait chercher et chercher – ou peut-être l'avait-elle oublié dans les bras d'un autre amant.

Oui ! Les défauts de sa lune de miel devenaient rares et diffus. Au début, bien que son masque de cire fût l'instrument de son bonheur, il l'avait plutôt perçu comme une barrière entre lui et son épouse. Bien qu'il lui fût

---

elles reposent, quelles que soient les vagues de l'océan où elles flottent ! »

doux de l'embrasser au travers, de voir ses yeux aimants au travers, il y avait des moments où il se sentait incommodé par ce faux-semblant. Que ne pourrait-il simplement s'en débarrasser ! cela demeurait pourtant impossible, bien sûr. Il devrait le porter toute sa vie. Et tandis que les jours s'écoulaient, il finit donc par se réconcilier avec son masque. Il semblait être une partie intégrante de lui-même. Et quant à sa matière un peu raide, elle exprimait, ma foi, l'émotion qui l'emplissait, le véritable amour. Le visage pour lequel Jenny lui avait donné son cœur ne pouvait être que chéri de même par George Heaven.

L'allégresse de chaque journée le purifiait. Lui et Jenny vivaient une vie très simple. Ils se levaient de bonne heure, comme les oiseaux, pour lesquels, grâce à Dieu, ils avaient tous deux un amour si sincère. Du pain, du miel et des petites fraises formaient leur collation du matin, et dans la soirée ils prenaient du gâteau au carvi et du vin de mûres. Jenny faisait le vin elle-même et son époux le buvait, avec une modération austère, jamais plus de deux verres. Il lui trouvait bien meilleur goût que le brandy du Régent ou le tokay de chez Garble. De ces merveilleuses libations, il avait, en fait, pratiquement oublié la saveur. Le vin fait à partir de baies sauvages par sa petite épouse avait assez de classe pour son palais. Parfois, après qu'ils avaient dîné ainsi, il lui jouait de la flûte sur la pelouse éclairée par la lune, ou il parlait de la grande guirlande de pâquerettes qu'il ferait pour elle le lendemain, ou il s'asseyait silencieusement à ses côtés, en écoutant le rossignol, jusqu'à l'heure du coucher. Leurs jours étaient ainsi, d'une admirable simplicité.

Un matin, tandis qu'il aidait Jenny à arroser les fleurs, il lui dit tout à coup : « Ma toute douce, nous avons oublié ! »

« Qu'est-ce qu'on pouvait oublier ? » demanda Jenny en levant les yeux de sa tâche.

« C'est la date de l'anniversaire de notre mariage, répondit gravement son mari. Nous ne pouvons pas la laisser passer sans la célébrer. »

« Non, vraiment pas, dit-elle, nous ne pouvons pas. Que pouvons-nous faire ? »

Ils décidèrent ensemble d'une fête inhabituelle. Ils iraient au village et achèteraient un sac de magnifiques brioches au lait pour les manger durant l'après-midi. Dès que toutes les fleurs furent arrosées, ils se rendirent donc chez Herbert, achetèrent les brioches, et revinrent de très bonne humeur, George portant un sac en papier qui ne contenait pas moins de douze de ces bonnes viennoiseries. Jenny s'assit à l'abri du platane sur la pelouse et George s'étendit à ses pieds. Profiter trop vite du festin leur répugnait. Ils s'y préparaient avec une attente enfantine. Sur la petite table rustique, Jenny empila les brioches, l'une sur l'autre, jusqu'à ce qu'elles forment une sorte de grande pagode. Quand, très habilement, elle eut couronné l'édifice de la douzième brioche, son mari la regardant avec admiration, elle commença à battre des mains et à danser autour. Elle rit si fort (bien qu'elle n'eût que seize ans, elle avait un grand sens de l'humour) que la table trembla, et, hélas ! la pagode chancela et tomba sur la pelouse. Vive comme un chaton, Jenny rattrapa les brioches avec adresse en les saisissant de la main, tandis qu'elles dégringolaient, ici ou là, sur la pelouse. Puis elle se redressa, rouge et joyeuse sous ses cheveux défaits, avec les bras pleins de brioches. Elle commença à les replacer dans le sac en papier.

« Mon cher mari, dit-elle en le regardant, pourquoi ne souriez-vous pas aussi de ma folie ? Votre visage grave est pour moi une réprimande. Souriez, ou je penserai que je vous vexe. S'il vous plaît, souriez un peu. »

Mais le masque, bien sûr, ne pouvait pas sourire. Il était fait pour être le miroir de l'amour sincère, et il était grave et impassible. « La chute des brioches m'amuse, ma chère, mais, dit-il, mes lèvres ne s'arrondiront pas pour former un sourire. L'amour de vous est un sort qui les tient rapprochées. »

« Mais je peux rire, bien que je vous aime. Je ne comprends pas. » Et elle s'étonna. Il prit sa main dans la sienne et la tapota doucement, en souhaitant qu'il lui soit possible de sourire. Un jour, peut-être, elle se lasserait de cette gravité monotone, de cette douceur rigide. Il n'y avait rien d'étrange à ce qu'elle souhaitât une expression plus accommodante. Ils s'assirent silencieusement.

« Jenny, que se passe-t-il ? murmura-t-il soudain car Jenny, les yeux écarquillés, regardait derrière lui, de l'autre côté de la pelouse : Pourquoi avez-vous l'air effrayée ? »

« Il y a une femme étrange qui me sourit derrière la clôture, dit-elle. Je ne la connais pas. »

Le cœur de son époux se serra. Sans trop savoir pourquoi, il ne se retourna pas vers l'intruse. Il craignait celle qu'elle pouvait être.

« Elle me fait un signe de tête, dit Jenny. Je crois que c'est une étrangère car elle a un visage maléfique. »

« Ne faites pas attention à elle, chuchota-t-il. Est-ce qu'elle a l'air méchante ? »

« Très méchante et très sombre. Elle a une ombrelle rose. Ses dents sont semblables à de l'ivoire. »

« Ne faites pas attention à elle. Pensez que c'est l'anniversaire de notre mariage, ma chérie ! »

« Je voudrais qu'elle ne me sourie pas. Ses yeux sont comme des taches d'encre brillantes. »

« Mangeons nos magnifiques brioches ! »

« Oh, elle entre ! » Georges entendit le bruit du loquet de la porte d'entrée. « Interdisez-lui d'entrer, murmura

Jenny, j'ai peur ! » Il entendit le crissement des talons sur le gravier du sentier. Et pourtant il n'osa pas se retourner. Il se contenta d'étreindre encore plus fort la main de Jenny en attendant la voix. C'était la Gambogi.

« De grâce, de grâce, pardonnez-moi ! Je ne pouvais me méprendre en reconnaissant le dos d'un si vieil ami... »

Avec le courage du désespoir, George se tourna et fit face à la femme.

« ... même, dit-elle, si son visage a merveilleusement changé. »

« Madame, dit-il en se levant complètement et en s'interposant entre elle et son épouse, je vous ordonne de quitter ce jardin. Je ne vois pas à quoi servirait d'avoir de nouveau quelque accointance. »

« Quelque accointance ! susurra la Gambogi, en fronçant les sourcils.

Voyons ! Nous étions plutôt des amis, et mon estime pour vous n'est pas morte au point que je désire que nous devenions des étrangers l'un pour l'autre. »

« Madame, répliqua lord George, avec un trémolo dans la voix, vous me voyez heureux, vivant en grande paix avec mon épouse… »

« À laquelle, vieil ami, je vous conjure de me présenter. »

« Je ne profanerai pas son doux nom, dit-il avec chaleur, en le mêlant au nom infâme qui est le vôtre. »

« Votre colère me blesse, mon vieil ami », dit La Gambogi en s'enfonçant avec calme dans un siège de jardin et en défroissant la soie de sa robe.

« Jenny, dit George, retirez-vous donc dans le cottage jusqu'au départ de cette dame. » Mais Jenny s'accrochait à son bras. « J'ai moins peur à

vos côtés, chuchota-t-elle. Ne m'éloi-
gnez pas ! »

« Souffrez sa jolie présence, dit la
Gambogi. En fait, j'ai fait cette longue
route depuis le cœur de la ville afin de
pouvoir la voir, autant que vous,
George. Mon souhait est seulement de
devenir son amie. Pourquoi ne vous
donnerait-elle pas un bon exemple de
politesse en me souhaitant la bien-
venue ? Venez vous asseoir à mes
côtés, petite épouse, car j'ai des choses
à vous dire. Bien que vous rejetiez
mon amitié, ayez, au moins, la simple
courtoisie de m'écouter. Je ne vous
retiendrai pas longtemps, je serai vite
partie. Attendez-vous des invités,
George ? *On dirait un masque cham-
pêtre !* » Elle examinait le couple d'un
œil critique. « Le masque de votre
femme, dit-elle, est encore plus réussi
que le vôtre. »

« Qu'est-ce qu'elle veut dire ? murmurait Jenny. Oh, faites-la partir ! »

« Serpent, parvint simplement à dire George, rampez hors de notre Éden, avant d'empoisonner sa plus belle habitante avec votre venin. »

La Gambogi se dressa. « Même *ma* fierté, cria-t-elle avec passion, connaît certaines limites. J'ai été patiente, mais même dans *mon* zèle au service de l'amitié je ne me ferai pas traiter de "serpent". Oui, je vais partir de ce lieu discourtois. Toutefois, avant de m'en aller, il y a une faveur que je m'abaisserai à demander. Montrez-moi, oh montrez-moi rien qu'encore une fois, le cher visage que j'ai si souvent caressé, les lèvres qui m'étaient chères ! »

George eut un brusque mouvement de recul.

« Qu'est-ce qu'elle veut dire ? » murmura Jenny.

« En mémoire de notre vieille amitié, poursuivit la Gambogi, accordez-moi cette pitoyable faveur. Montrez-moi votre propre visage rien qu'un instant et je fais le vœu de ne plus jamais vous rappeler mon existence. Intercédez en ma faveur, petite épouse. Demandez-lui de se démasquer pour moi. Vous avez plus d'autorité sur lui que je n'en ai. Ôtez-lui son masque avec vos doigts de maîtresse femme. »

« Qu'est-ce qu'elle veut dire ? » était le refrain de la pauvre Jenny.

« Si vous ne partez pas maintenant, de votre propre chef, dit George, en fixant sévèrement la traîtresse, bien que je sois un homme, je vous sortirai de force du jardin. »

« Otez votre masque et je suis partie. »

George, menaçant, fit un pas vers elle.

« Faux saint ! cria-t-elle de manière déchirante, eh bien moi, je vous démasquerai. »

Elle jaillit sur lui comme une panthère et déchira ses joues de cire. Jenny bascula en arrière, muette de terreur. Ce fut en vain que George tenta de se libérer de cette hideuse assaillante qui s'enroulait encore et encore autour de lui, arrachant, arrachant ce que Jenny imaginait être son visage. Avec un cri sauvage, Jenny tomba sur la furieuse créature et essaya, avec toute sa force enfantine, de libérer son bien-aimé. Les combattants vacillaient d'un côté et de l'autre en une révulsive trinité. Il y eut un « pop » sonore, comme si un gros bouchon avait été arraché, et la Gambogi recula. Elle avait arraché le masque. Il gisait devant elle sur la pelouse, regardant vers le ciel.

George se tenait immobile. La Gambogi le dévisagea, et elle perdit rapidement la rougeur de son teint. Car là, la fixant en retour, se trouvait l'homme qu'elle avait démasqué, mais, voyez ! son visage était semblable à son masque. Ride pour ride, trait pour trait, c'était le même. C'était le visage d'un saint.

« Madame, dit-il de la voix calme du désespoir, vos joues peuvent blêmir maintenant que vous réalisez que vous avez ruiné ma vie. Néanmoins, je vous pardonne. Les dieux ont vengé, à travers vous, l'imposture que j'ai façonnée aux dépens de celle que j'aimais. Je suis puni de cet impardonnable péché. Quant à ma pauvre épouse, dont j'ai volé l'amour au moyen de ce faux-semblant de cire, il ne m'est pas possible de demander son pardon. Ah, Jenny, Jenny, ne me regardez pas. Détournez vos yeux de l'infâme réîalité que j'ai dissimulée. » Il frissonna, saisi d'horreur, et cacha son visage dans ses mains. « Ne me regardez pas. Je quitterai le jardin. Et je ne vous infligerai jamais l'odieux spectacle de mon visage. Oubliez-moi, oubliez-moi. »

Mais, alors qu'il se tournait pour partir, Jenny posa ses mains sur ses poignets et l'adjura de la regarder. « Car, dit-elle, je suis vraiment désorientée par vos étranges paroles. Pourquoi m'avez-vous courtisée en portant un masque ? Et pourquoi imaginez-vous que je vous aimerais moins fort, si je voyais votre propre visage ? »

Il la regarda dans les yeux. Il vit sur leur surface violette le petit reflet de son propre visage. Il fut rempli de joie et d'émerveillement.

« Voyons, dit Jenny, votre visage me semble encore plus cher, encore plus beau que le double qui le cachait et m'abusait. Je ne suis pas en colère. Il était bon que vous me dissimuliez la pleine gloire de votre visage car en vérité je ne méritais pas de le voir trop tôt. Mais je suis votre épouse maintenant. Laissez-moi toujours regarder votre visage. Finissons-en avec ma mise à l'épreuve. Embrassez-moi avec vos propres lèvres. »

Il la prit donc dans ses bras, comme si elle était un petit enfant, et l'embrassa avec ses propres lèvres. Elle plaça ses bras autour de son cou, et il fut plus heureux qu'il ne l'avait jamais été. À présent, ils étaient seuls dans le jardin. Même le masque ne se trouvait plus sur la pelouse car le soleil l'avait fait fondre.

Dans la collection Les Cahiers Rouges

Paul Alexis, Henry Céard, Léon Hennique, JK Huysmans, Guy de Maupassant, Émile Zola	*Les Soirées de Médan*
Lou Andreas-Salomé	*Friedrich Nietzsche à travers ses œuvres*
Joseph d'Arbaud	*La Bête du Vaccarès*
Jacques Audiberti	*Les Enfants naturels* ■ *L'Opéra du monde*
Marguerite Audoux	*Marie-Claire suivi de l'Atelier de Marie-Claire*
François Augiéras	*L'Apprenti sorcier* ■ *Domme ou l'essai d'occupation* ■ *Un voyage au mont Athos* ■ *Le Voyage des morts*
Marcel Aymé	*Clérambard* ■ *Vogue la galère*
Jules Barbey d'Aurevilly	*Les Quarante médaillons de l'Académie*
Charles Baudelaire	*Lettres inédites aux siens*
Bayon	*Haut fonctionnaire*
Béatrix Beck	*La Décharge* ■ *Josée dite Nancy* ■ *L'enfant chat*
Jurek Becker	*Jakob le menteur*
Max Beerbohm	*L'Hypocrite heureux*
Louis Begley	*Une éducation polonaise*
Julien Benda	*Tradition de l'existentialisme* ■ *La Trahison des clercs*
Yves Berger	*Le Sud*
Emmanuel Berl	*La France irréelle* ■ *Méditation sur un amour défunt* ■ *Rachel et autres grâces*
Emmanuel Berl, Jean d'Ormesson	*Tant que vous penserez à moi*
Tristan Bernard	*Mots croisés*
Princesse Bibesco	*Catherine-Paris* ■ *Le Confesseur et les poètes*
Ambrose Bierce	*Histoires impossibles* ■ *Morts violentes*
Lucien Bodard	*La Vallée des roses*
Alain Bosquet	*Une mère russe*
Jacques Brenner	*Les Petites filles de Courbelles*
André Breton, Lise Deharme, Julien Gracq, Jean Tardieu	*Farouche à quatre feuilles*
André Brincourt	*La Parole dérobée*
Charles Bukowski	*Au sud de nulle part* ■ *Factotum* ■ *L'amour est un chien de l'enfer (t1)* ■ *L'amour est un chien de l'enfer (t2)* ■ *Journal d'un vieux dégueulasse* ■ *Le Postier* ■ *Souvenirs d'un pas grand-chose* ■ *Women*

Francis Scott Fitzgerald *Gatsby le Magnifique* ■ *Un légume*
Max-Pol Fouchet *La Rencontre de Santa Cruz*
Georges Fourest *La Négresse blonde suivie de Le Géranium Ovipare*
Jean Freustié *Le Droit d'aînesse* ■ *Proche est la mer*
Max Frisch *Stiller*
Carlo Emilio Gadda *Le Château d'Udine*
Matthieu Galey *Les Vitamines du vinaigre*
Claire Gallois *Une fille cousue de fil blanc*
Gabriel García Márquez *L'Automne du patriarche* ■ *Chronique d'une mort annoncée* ■ *Des feuilles dans la bourrasque* ■ *Des yeux de chien bleu* ■ *Les Funérailles de la Grande Mémé* ■ *L'Incroyable et triste histoire de la candide Erendira et de sa grand-mère diabolique* ■ *La Mala Hora* ■ *Pas de lettre pour le colonel* ■ *Récit d'un naufragé*
David Garnett *La Femme changée en renard*
Paul Gauguin *Lettres à sa femme et à ses amis*
Maurice Genevoix *La Boîte à pêche* ■ *Raboliot*
Natalia Ginzburg *Les Mots de la tribu*
Jean Giono *Colline* ■ *Jean le Bleu* ■ *Mort d'un personnage* ■ *Naissance de l'Odyssée* ■ *Que ma joie demeure* ■ *Regain* ■ *Le Serpent d'étoiles* ■ *Un de Baumugnes* ■ *Les Vraies richesses*
Jean Giraudoux *Adorable Clio* ■ *Bella* ■ *Eglantine* ■ *Lectures pour une ombre* ■ *La Menteuse* ■ *Siegfried et le Limousin* ■ *Supplément au voyage de Cook* ■ *La guerre de Troie n'aura pas lieu*
Ernst Glaeser *Le Dernier civil*
Nadine Gordimer *Le Conservateur*
William Goyen *Savannah*
Jean Guéhenno *Changer la vie*
Yvette Guilbert *La Chanson de ma vie*
Louis Guilloux *Angélina* ■ *Dossier confidentiel* ■ *Hyménée* ■ *La Maison du peuple*
Benoîte Groult *Ainsi soit-elle, précédé de Ainsi soient-elles au xxie siècle*
Jean-Noël Gurgand *Israéliennes*
Kléber Haedens *Adios* ■ *L'Été finit sous les tilleuls* ■ *Magnolia-Jules/L'école des parents* ■ *Une histoire de la littérature française*
Daniel Halévy *Pays parisiens*
Knut Hamsun *Au pays des contes* ■ *Vagabonds*
Joseph Heller *Catch 22*
Louis Hémon *Battling Malone, pugiliste* ■ *Monsieur Ripois et la Némésis*

Pierre Herbart	*Histoires confidentielles*
Hermann Hesse	*Siddhartha*
Louis Hémon	*Maria Chapdelaine*
Panaït Istrati	*Les Chardons du Baragan*
Henry James	*Les Journaux*
Pascal Jardin	*Guerre après guerre suivi de La guerre à neuf ans*
Alfred Jarry	*Les Minutes de Sable mémorial*
Marcel Jouhandeau	*Les Argonautes* ■ *Elise architecte*
Philippe Jullian, Bernard Minoret	*Les Morot-Chandonneur*
Ernst Jünger	*Rivarol et autres essais* ■ *Le contemplateur solitaire*
Franz Kafka	*Journal* ■ *Tentation au village*
Comte Kessler	*Cahiers 1918-1937*
Rudyard Kipling	*Souvenirs de France*
Paul Klee	*Journal*
Jean de La Varende	*Le Centaure de Dieu*
Jean de La Ville de Mirmont	*L'Horizon chimérique*
Armand Lanoux	*Maupassant, le Bel-Ami*
Jacques Laurent	*Croire à Noël* ■ *Le Petit Canard*
Louis-Adhémar-Timothée Le Golif	*Cahiers de Louis-Adhémar-Timothée Le Golif, dit Borgnefesse, capitaine de la flibuste*
Paul Léautaud	*Bestiaire*
G. Lenotre	*Napoléon – Croquis de l'épopée* ■ *La Révolution française* ■ *Versailles au temps des rois*
Primo Levi	*La Trêve*
Suzanne Lilar	*Le Couple*
Malcolm Lowry	*Sous le volcan*
Pierre Mac Orlan	*Marguerite de la nuit*
Maurice Maeterlinck	*Le Trésor des humbles*
Vladimir Maïakowski	*Théâtre*
Norman Mailer	*Les Armées de la nuit* ■ *Pourquoi sommes-nous au Vietnam ?* ■ *Un rêve américain*
Antonine Maillet	*Les Cordes-de-Bois* ■ *Pélagie-la-Charrette*
Curzio Malaparte	*Technique du coup d'État*
Luigi Malerba	*Saut de la mort* ■ *Le Serpent cannibale*
Eduardo Mallea	*La Barque de glace*
André Malraux	*La Tentation de l'Occident*
Clara Malraux	*...Et pourtant j'étais libre* ■ *Nos vingt ans*
Heinrich Mann	*Professeur Unrat (l'Ange bleu)* ■ *Le Sujet!*
Klaus Mann	*La Danse pieuse* ■ *Mephisto* ■ *Symphonie pathétique* ■ *Le Volcan*
Thomas Mann	*Altesse royale* ■ *Les Maîtres* ■ *Mario et le magicien* ■ *Sang réservé*
Claude Mauriac	*Aimer de Gaulle* ■ *André Breton*

Mary Webb *Sarn*
Kenneth White *Lettres de Gourgounel* ■ *Terre de diamant*
Walt Whitman *Feuilles d'herbe*
Oscar Wilde *Aristote à l'heure du thé*
Jean-Didier Wolfromm *Diane Lanster* ■ *La Leçon inaugurale*
Émile Zola *Germinal*
Stefan Zweig *Brûlant secret* ■ *Le Chandelier enterré* ■ *Erasme* ■ *Fouché* ■ *Marie Stuart* ■ *Marie-Antoinette* ■ *La Peur* ■ *La Pitié dangereuse* ■ *Souvenirs et rencontres* ■ *Un caprice de Bonaparte*

* 9 7 8 2 2 4 6 7 9 3 7 7 9 *